約書亞・哈里斯 Joshua Harris 著
葉嬋芬 譯

不再約會

僅以此書獻給我的雙親

葛雷・哈里斯及園子・哈里斯

目錄

第三部　建立新的生活方式

第四部　當前要務

前言

嗨，我知道你在想什麼。「我不想看前面這幾頁，就直接看正文吧。」

等一等，先不要那麼著急。這一篇前言可以預備你的心讀這本書。

事實上，這本書要講的正是這件事——等待和準備，它提出相當革命性的一些想法。我很高興你手上拿著這本書，它可以省去你許多不必要的折磨。這本書很可能會改變我們這一代的思維；它已經影響了我的生活，容我加以解釋。

長久以來，我跟本書作者約書亞對約會擁有同樣的想法（他也是我的好友）。有一個人最近跟我說過一句話：「如果你不買東西，幹嘛去逛街呢？」我覺得他說得很有道理。如果你根本還不能結婚，又何必約會呢？我今年十九歲，雖然我還沒約會過，多年來卻已眼睜睜看著許多朋友玩過約會的遊戲。相信我，約會真的是個遊戲。而且這個遊戲一點也不好玩；它看來既痛苦又折磨人。這也就是我一直沒有約會的原因之一。

其次，我知道現在還不是神為我預備的時候。現在交男友只會讓我分心。我只會因此而無法專心從事神要我趁這幾年好好完成的工作。

此外，我也認為，在我這個年齡，跟一群人在一起，以及擁有一群朋友，比一對一的交往關係要來得有趣多了。

但就在不久之前，我開始有點沮喪，只因為自己無法為了某人好好打扮一番，或者有個作白日夢的對象。就在那時我看到這本書，深深感覺神透過約書亞的話語鼓勵了我。

我還沒有讀過一本書，作者是像約書亞一樣誠實。他解決了一個難題，那就是「該不該約會」這個令人困惑的主題，以及它所引發的諸多難題。他也提出了很實用的答案。約書亞·哈里斯擅長從他的經驗出發，分享真理，而他的分享相當具有震撼力。而且因為他是跟我們同年紀的人（他也才剛滿二十歲），他知道自己到底在說些什麼。

我最喜歡約書亞這本書的一點就是，他一切的論點最終都會回歸到聖經，告訴我們如何真正地活出聖經的教導。而在認識了他兩年之後，我可以說，他真是一個「言行一致」的人。

準備好讓他來挑戰你、鼓勵你，並且與他一同走上一段旅程！

謝謝你沒跳過我的前言，好好享受吧。

務要剛強壯膽！

——利百加·聖雅各

Rebecca St. James

引言

讀一本書跟約會還挺像的，不過，這樣的類比並不完全，例如，你不會帶一本書一起去看電影。但話說回來，你在讀一本書時，確實會跟它獨處。你會握著（抱著）它、直視著它（的臉龐）、給予它全然的注意力。讀一本書就像約會一樣，你會像搭乘雲霄飛車般，在情感上經歷高峰與低谷。你可能一會兒笑，一會兒又生氣了起來。

我希望你不是那種「喜新厭舊」的讀者就好，他們往往讀到第三章，就把書丟開了。如果你是這種讀者的話，那麼，你可能從這本書得不到太多東西。就像投入一段有意義的交往關係一樣，讀這本書需要一定程度的委身，需要你願意委身於深度的思考，在看到跟你目前的約會觀有所出入的新觀點時，願意加以考慮。

許多智者說過，在任何一段關係當中，誠實都是最佳選擇。所以，在你願意「認真」看待這本書前，你得先了解一件事，這本書跟其他談約會的書並不一樣。其他的書多半教你如何調整約會的方式，讓約會能夠有效；這本書要談的卻是，如何跟約會「分手」，讓你的生命可以被神使用。《不再約會》要講的是，為何我們要丟棄這世界的約會方式，以及該如何去做。

你還想出去約會嗎？

有些事我不會討論

或許你現在覺得有點緊張。「不再約會？為什麼會有人不想約會？如果不約會，那要怎樣結婚啊？友誼又該怎麼辦？你別那麼孤僻了吧，老兄！」

我可以了解你的遲疑，這些問題在書裡面我都會提到。但在我們進一步討論之前，我得先說清楚，我**不會**提到某些關於約會的事。我不希望你浪費時間去瞎猜我的想法，因為如此你就會錯失我想說明的重點和原則。

我知道這樣的事有可能會發生，因為我自己也有過這種經驗。在我十六歲那年，我正身處於一段為時兩年的約會關係，母親送了我一本伊莉沙白．艾略特寫的《郵遞真愛》

（Passion and Purity，中文版由學園出版）。我馬上陷入懷疑，為什麼呢？第一，因為那是我媽送的。通常我媽會送書就表示她想間接告訴我，我有問題。此外，對那本書的英文副標題「讓神來掌管你的愛情生活」，我感到憂心忡忡，很怕這本書有什麼弦外之音。我十分肯定它會對我說，我不准親女友；而在那個時候，我認為親吻對我的快樂是十分重要的。所以，你知道我做了什麼嗎？在還沒翻開書之前，我就已經決定，不論書裡說些什麼，我一定要反對到底。就像我媽喜歡提出來開玩笑講的一樣，我把所有「熱情」的部分都讀進去了，可是所有「純潔」的部分都省略了。那真是莫大的錯誤！

不久之前，我又重新看了一次《郵遞真愛》這本書，我赫然發現，如果在我高中時，可以敞開心胸，虛心閱讀，我一定可以從中獲益良多，更從容地面對我高中的約會關係。可是為什麼當時的我，卻覺得那本書一點都不重要呢？我為什麼不從那本書裡學點東西呢？因為打從一開始，我就決定不聽了。

我希望當你看這本書時，不會犯同樣的錯。如果你可以保持一種開放的心，來看這本書，它很可能就會是你目前最需要聽聞的信息。為了讓你卸下一些固有的防衛心，我要先澄清兩件事。這樣一來，應該可以讓大家不再害怕，而願意聽我從頭道來，為何你該放棄傳統的約會方式。

一、我不相信約會是個罪。有人因為約會而犯罪，但我不相信有哪一個人可以說，約會本身是一件犯罪的行為。我看待約會，差不多就像我看待速食餐廳一樣，到速食餐廳吃飯並沒有錯，但還有更好的地方可以去。不多久你便會知道，神要我們得到最好的一切，包括我們的戀愛關係。身為基督徒，我們的罪往往來自於在交往的關係上與世界隨波逐流，因此失去了神預備的福分。

二、拒絕約會並不代表你不能跟異性獨處。去約會這個行動，跟以約會為戀愛交往的思維與方式，事實上是截然不同的兩件事。如果說約會只不過是一個男孩和一個女孩出去喝咖啡，那我們不就不需要寫一整本書來討論它了嗎？但約會其實不只是這樣；約會是一種展現態度和價值觀的生活方式。因此，我要鼓勵你，重新檢視你的思維及行為模式。

我**不是**說，我們不宜跟他人獨處。在一段交往關係的時機適當時，只要動機很清楚，選擇的環境也不致讓你陷入試探，那麼約會也是很健康的一件事。

重點不在約會

解釋完在這本書裏我**不會**討論的事情之後，接著來談談我會討論些什麼。簡言之，這本書的重點不是約會。

可是，你一定想問我，這本書不就是在談約會嗎？我可以了解你的疑問。畢竟（現在繼續回到讀書和約會的類比上來想），你會受到這本書的「吸引」，可能有幾個原因。容我列出其中四個。

一、你剛結束一段糟糕的交往關係，不想再受到傷害了。不再約會這碼子事，聽起來還滿不錯的。

二、你不太喜歡約會這檔事，正在尋找替代方案。

三、你正處於一段方向錯誤的約會關係中，正在尋找方法，希望這段關係維持在神所允許的範圍之內。

四、你目前的約會關係發展得非常好，很好奇怎會有人選擇不要約會。

擁有這四種完全不同想法的人，是否可以從同樣的一本書中獲益呢？我想是可以的。怎麼說？因為，雖然他們的約會經驗都不同，可是他們的創造主卻是同一位。而我們的主對我們人生的旨意和計劃，是這本書的焦點所在。我們最終的目標，不是想知道基督徒到底該不該約會，或者是該怎麼約會；我們最終的目標是，當你讀下去時，我希望你檢視約會影響了你生活的好些部分，包括你如何對待他人、如何為未來的配偶預備自己，以及你的貞潔。此外，我也希望你嘗試讓這些部分的生活與神的話語不致有所牴觸。

所以，即使這本書在一方面看來是探討約會的書，從另一方面來看，約會卻又不是最重要的事；重點在於神要的是什麼。至於討論該不該或如何約會，都不是我的目的。我之所以討論約會，是因為這麼做可以讓我們看出，約會跟神對我們人生全盤的計劃有何關係。

你可能不完全同意我的說法。但如果你繼續讀完它，仔細看看我的說法，只要你看完時更具有分辨能力，我的使命就算是達成了，你的生命也會因而得到提昇。我盼望此書所分享的想法，能讓你更趨近神對你人生的規劃。

第一部
我決定
不再約會

1

聰明的愛

超越令人感覺很好的事物，回到真正美善的事物上

安娜夢想的這一日終於來到，為了這一天她已經計劃了好幾個月——今天是她大喜的日子！別具一格的小教堂擠滿了親友。陽光從彩繪玻璃窗透射進來，弦樂四重奏輕柔的樂聲飄散在空氣中。安娜步上紅毯，朝著大衛走過去，心中的喜悅洶湧澎湃。這一刻她已經等了好久，終於，新郎輕輕執起她的手，接著便轉身面向聖壇。

正當牧師要開始為安娜和大衛證婚時，一件令人不可思議的事發生了。有一個女孩突然從眾人中站立，靜靜地走到聖壇前，拉起了大衛的手。接著還有另一個女孩走向前去，站在第一個女孩的身旁，接著旁邊又站了另一個。不久，在

大衛對安娜宣讀結婚誓言時，已有六個女孩排成一列，站在旁邊。

安娜的嘴唇顫抖著，此刻的她已是淚水盈眶。「這是在開玩笑嗎？」她輕聲地問大衛。

「我很抱歉……，安娜」，他這麼說，兩眼直盯著地板。

「大衛，這些女孩究竟是誰？到底是怎麼一回事？」她焦急地問道。

「她們都是我以前交往過的女孩」，他傷心地繼續說著：「安娜，如今對我而言，她們已經不重要了……，只是，我部分的心已經給了她們。」

「我還以為你的心是屬於我的」，她說道。

「是這樣沒錯」，他懇求著：「剩下的部分都是你的。」

一顆淚珠從安娜的面頰上滑落，接著她就醒了過來。

背叛

安娜寫了一封信告訴我她作了這個夢。「當我一覺醒來，便有種被背叛的感覺，但接著我卻被一個令人作嘔的意念驚醒：在我的婚禮上，又會有多少男孩子列隊站在我身旁？我曾經在多少次的短暫交往中將自己的心交給別人？我還有什麼東西剩下，是可以給我丈夫的嗎？」

我經常會想起安娜的夢境，這個令人難堪的影像深深地苦惱著我，因為我也有很多曾經交往過的女孩，如果她們也在我的婚禮上出現的話，那該怎麼辦？她們會對我說什麼？

「哈囉，約書亞，你今天在聖壇前所立的誓約還挺高貴的嘛！希望你如今已經比我從前認識你的時候還持守得住諾言囉。」

「天啊，你穿這一身燕尾服還真帥啊！你的新娘也好漂亮喔！她知不知道我啊？你是否跟她說過所有你曾在我耳邊輕聲訴說過的甜言蜜語？」

當我回顧某些交往關係，只覺得懊悔不已。我盡力遺忘，一笑置之，視它們為每個人都會玩的愛情遊戲。我知道神已經原諒了我，因為我曾經這麼祈求過；我知道那些女孩也都原諒了我，因為我已請求過她們的原諒。

但我還是難免感到傷痛，因為我曾將自己的心給了太多女孩。

本來就是這樣

在成長的過程中，我把約會當作是青少年時期不可或缺的一種經驗。因此，如果我不是在跟某個女孩約會，便是正暗戀著某個人。

這樣的情況開始於國中，當時我和同儕把約會當作一種遊戲，我們趁機玩愛情遊戲，把交往當作一種實驗。「有女朋友」只不過表示你正跟某女孩一起「出遊」，沒什麼大不了的。我和朋友都善於結交女友，並以驚人的速度跟她們分手，因為怕會被甩──沒有人希望被甩，大家都希望是自己甩了別人。我認識一個女孩，她有一套超簡短的分手詞，當她準備好要終止一段交往關係時，她會這麼說：「簡單說吧，你被甩了。」

但是過了不久，光跟別人說你跟某人出去約會已經不夠看了，所以，我們開始在身體的接觸上作實驗。現在，跟某人出去約會的意思就是你跟那個人有身體接觸。我還記得有一次我站在一個心儀的女孩身旁，她當時正打電話給男友，要跟他分手。當她一掛掉電話，馬上就親吻了我。那個意思就是我倆已經「正式成為一對了」。當我回想這一切，只能搖頭感嘆道，過去的我們是多麼不成熟啊！在國中時代交朋友時的親密接觸，跟愛情或者是真正的感情一點關係都沒有，我們只是在模仿其他的孩子以及電影裡的情節罷了。那樣的舉動看來似乎很像個成年人，但事實上那只是情慾。

還好國中時代並不是永無止盡的。在高中時代，我開始認真與主同行，並積極參與教會的青年團契。我在我的新國際版研讀本聖經上貼了一張貼紙「我是值得被等待的」，我承諾要維持處子之身，直到結婚那一天。但很不幸的，進入青年團契並沒有改善我對男女交往的不成熟觀念，即使在教會，我們都相當投入約會的遊戲，而且很遺憾地，那種情況比敬拜主或聽講道還要更投入。在主日早晨的崇拜中，我們會互傳紙條，裡面寫著誰喜歡誰，誰跟誰一起出去玩，誰又跟誰分手了。週三晚上的青年團契變成男生女生玩「來電五十」的機會，而這樣的遊戲卻造成了許多人心碎。

在我高二時，我的約會遊戲轉了一個大彎。那一年夏天，我遇見了凱莉。她是個漂亮的金髮女郎，高我五公分，不過，我一點都不介意。凱莉很受歡迎，所有的男生都很喜歡她。而由於我是青年團契中唯一一個敢跟她說話的人，最後她也喜歡上了我。在青年團契舉辦的滑水退修會中，我開口請她作我的女友。

凱莉是我第一個認真交往的女友，青年團契裡每一個人都把我們當作一對，我們每個月都慶祝「認識滿月」。凱莉比任何人都要認識我，在家人睡著了之後，我還會跟凱莉講上好幾小時的電話，而且經常講到深夜，我們什麼都談，雖然並沒有什麼特別的主題。我們覺得自己是神為對方所造的，常提到有一天兩人會結婚。我答應她會永遠愛她。

但就像高中時代的許多交往關係一樣，我們的戀曲過於草率——投入得太快、付出得太多，並開始為肢體的接觸感到掙扎。我們知道身體上的親密程度不可能跟感情上的親密程度一樣，因此，我們覺得倆人之間存在著一種緊張狀態，讓我們感到疲乏。最後，甜蜜變成了酸澀。

「我們得分手」，在某一晚看完電影後我對她說。我們兩個對這件事的來臨都心知肚明。

「我們還有可能擁有共同的未來嗎？」她問道。

「不可能」，我試圖裝出充滿決心的聲音。「不，這一切都結束了。」

在認識兩年之後，我們分手了。這跟我曾經承諾過的「永遠」差蠻多的。

更美的愛情

當我跟凱莉結束交往時才十七歲。我對愛情的夢想在妥協、苦毒和懊悔中結束。我自問：「難道一定得這樣嗎？」我感到相當挫敗與困惑，也對於自己陷入短暫的感情交往循環而感到厭惡，我極度渴望找到另一種戀愛的方式。我哭喊著：「神啊，我要你所預備最棒的愛情！請賜給我更好的！」

神答應了我的懇求，卻不是我期待的答案。我以為祂會為我帶來一個合乎理想的女朋友，或者是完全除去我對戀愛的慾望，但祂沒有；相反的，祂透過祂的話語向我顯明什麼叫做把愛情生活降服在祂的旨意之下——這件事我從未真的成功做到過。我一直想要神所預備最棒的一切，卻不願意遵照祂的遊戲規則。

在過去的四年當中，我漸漸明白，以神為主不只是修正了我的戀愛方式，更一百八十度地改變了我的戀愛態度。神不只要我有不同的行為舉止，也要我更新思想，從祂的角度來看愛情、貞潔以及單身生活，也就是說，祂要我擁有一個全新的生活方式和態度。

而這種全新態度的基礎，我稱之為「聰明的愛」。保羅在腓立比書1章9-10節描述了這種愛：

我所禱告的，就是要你們的愛心在知識和各樣見識上多而又多，使你們能分別是非，作誠實無過的人，直到基督的日子。

聰明的愛在其應用的知識上和見識上會持續地發展並增加深度；它打開我們的眼界，讓我們看見神為我們一生所預備最美好的事物，讓我們可以在祂眼前純淨無瑕、無可指摘。

感情用事

「信息」版聖經把腓立比書1章9-10節譯為：「你要學習愛人愛得恰到好處。你必須用點頭腦，並且測試你的感覺，讓你的愛既真誠又明智，而非感情用事。」

你是否曾經因為「感情用事」而有罪惡感，只因為你讓感情主導了約會交往的過程？許多人都是這樣的。他們明知故犯，不照著正確的方式去做，反而任由感覺擺佈。

我也曾經感情用事。以前約會時，我根據許多膚淺和無知的理由做了諸多決定，比方說我很容易就對一個女孩說「我愛你」，假裝自己願意無私的奉獻，但事實上，自私和不誠懇的心態才是那些行為背後的動機。我有興趣的主要是我能從其中得到什麼益處，例如交到某個女友可以讓我更受歡迎，或者是我從某段交往關係中，可以在肉體或感情上感到多麼舒服及愉悅。我並沒有身體力行所謂「聰明的愛」；相反的，我擁有的是「愚笨的愛」── 我選擇讓自己**感覺**很好，而不是對他人好以及蒙神所喜悅。

要能用聰明的愛真正地去愛一個人，除了要用心，也要用頭腦，就像保羅所描述的那種在知識和各樣見識上多而又多的愛心。「有知識」是要清楚並確切地了解或抓住要領，「有見識」是了解某件事真正的本質，能夠看到某種思想或行為的背後動機。

提出這樣的定義之後，我要問你幾個問題。一個男孩跟女友同床共枕，縱使這麼做會傷害他女友的情感及她與神的關係，卻還是這麼做，他的動機真的是愛嗎？一個牽動男孩感情的女孩，由於找到更好的人而跟男孩分手，她的作為難道是出於誠懇的態度嗎？不，這兩個人所表現的都是自私的動機。他們應該「學聰明點」，明白自己的行為會如何影響他人。

最近這幾年來，我嘗試讓誠懇和聰明的愛來引導我。當我這麼做之後，我為自己的生命得出了一些算是滿勁爆的結論。我逐漸明白，當我還沒準備好要用一生來信守實踐這個請求時，我沒有理由要求一個女孩把她的心給我。在我還不能做到這件事之前，我便只是在利用那個女孩來滿足**我**的短暫需要，而不是為了**她**長久的福祉著想。目前我會不會很喜歡有個女友在身邊？那當然！但在尋求神對我生命的旨意之後，我學會了一件事，我知道目前跟女孩交往不是最好的，無論對我或對約會的對象而言。因此，在神告訴我我已經準備好了之前，應暫時避免談戀愛，這可以讓我以朋友的身份更加有效地幫助我的姊妹們，並繼續自由地定睛在神的身上。

知道什麼是最好的

等到準備好給予承諾才開始談戀愛，只是表現聰明的愛的行為之一。當我們的愛在知識上有所長進時，才算是做好更萬全的準備，可以「明辨」什麼對我們的人生是「比較好的」。每個人不是都極度需要這樣的辨識力嗎？

畢竟，當我們開始投入男女交往的關係時，就面臨了相當朦朧不清的情況。別誤解我的意思，我當然相信何謂絕對；但在約會的關係中，我們不只要在絕對正確和絕對錯誤中作出明智的抉擇，還需要評估約會關係的各個層面，以確保我們沒有逾矩，沒有讓自己陷入應該避免的景況中。

讓我舉一個例子，如果學校裡有個人請你出去玩，你要如何尋求引導，明白自己該跟什麼樣的人出去？你可以在聖經詞語彙編裡面查考一下「約會」這個詞，我想你大概找不到這個字。或許你已經跟人家出去約會好幾次了，才剛獻出了初吻，這令你感到興奮，覺得自己好像開始談戀愛了。但這樣做到底對不對？

我們要到哪裡找這些問題的答案呢？你可能會問我：「那我的需要怎麼辦？」這就是最令人感到驚奇的部分了。當我們以神的榮耀和其他人的需要為優先考量時，也就是讓自己處於最佳位置，去領受神為我們人生所預備的最佳福份。容我加以解釋。

過去，我的交往關係都是以自己的想望為起點，而不是以神所想要的為起點。我為自己的需要著想，然後把他人排進我的人生工作事項表中。我是否感到滿足了呢？不，我只經驗到妥協和心痛。我不只傷害了他人，也傷害了自己。最嚴重的是，我還得罪了神。

但是當我改變態度，把取悅神和祝福他人當作我在交往中最主要的優先考量時，我便尋得了真正的平安和喜樂。聰明的愛可以打開神的祝福，使我們得到神的最佳福份。當我停止把女孩子當作可能的女友對象，而開始以在基督裡的姊妹來對待她們時，我發現了真友誼的豐富；當我停止為自己究竟會娶誰而擔心，並開始信靠神的時候，我發現了以單身事奉神的驚人潛力；當我停止利用一對一約會的機會，停止以試探的方式大玩調情遊戲，並開始追求公義時，我發現了貞潔所帶來的平安和力量。於是我決定不再約會，因為我發現神預備了更好的東西等著我。

純淨無瑕，無可指摘

尋求聰明的愛帶來最後一個益處是，我們得以在神面前成為純淨無瑕、無可指摘的人。這樣的純潔超越性行為的貞潔，當然肉體上的貞潔是很重要的，但神也要我們追求在動機上、心思上以及感情上的純淨無瑕、無可指摘。

這是否意味著，我們絕對不會把事情搞砸？當然不是這個意思！我們得以站立在神的面前，全都是因為祂的恩典和祂兒子耶穌的犧牲。但這樣的恩典不是給我們一張許可證，讓我們在追求公義的事上可以懈怠；相反的，這恩典應該驅策我們，更加渴望成為純淨無瑕、無可指摘的人。

班恩在大學四年級時開始跟愛莉莎約會。他自己早就計畫要在畢業那年的夏天結婚，所以當他和愛莉莎都深受彼此吸引時，便一直以為愛莉莎就是神要給他的「那一位」。

班恩在一封信裡告訴我，因為家庭教育的關係，他在約會的關係中秉持著相當高的標準，很少如此頻繁地親吻一個女孩；但愛莉莎卻跟他完全不一樣，對愛莉莎而言，親吻簡直算是種消遣。很不幸地，最後是愛莉莎的價值觀勝出。班恩這麼寫道：「當她張開那雙棕色的大眼看著我，讓我覺得自己似乎剝奪了她的某種特權時，我就屈服了。」他們倆人的關係很快就發展成一種純粹的肉體關係，雖然都還維持處子之身，但這只是技術上而言。幾個月過後，愛莉莎請了一個化學家教，對方是個基督徒，但班恩並不認識他。班恩以生氣的口吻寫道：「那是個錯誤，他們確實是在學習化學，可是卻是在培養兩人之間的化學反應！」愛莉莎跟班恩分手了，第二天就挽著新男友的手臂在街上閒逛。

班恩這麼告訴我：「我被擊垮了，我違反了自己所定的標準，更重要的是，我觸犯了神的標準，最後得到的結果卻是，她不是我要娶的那一位。」有好幾個月的時間，班恩因罪惡感而獨自掙扎，最後他將罪惡感放在十字架前，繼續他的人生，同時決定不再犯同樣的錯誤。那麼愛莉莎呢？是的，神也可以原諒她，但我懷疑她曾否明瞭她需要被赦免。當她在學校走廊上走過班恩的身旁，或在餐廳遇見他時，她的腦中會想些什麼？她是否會明白自己毀了班恩的純潔？她是否會因為傷了他的心而有罪惡感，並感受到劇痛？她是否真的在乎？

我跟你們分享過神是如何改變我對約會的想法，決定選擇好好過日子、以平常心跟姊妹相處，直到神向我顯明我已經準備好可以步入婚姻。但是我為什麼要寫一本書來談我的觀點呢？為什麼我以為會有人想聽我的說法？因為我認為神也想要挑戰你！

我相信時候已經來到，不論是弟兄或姊妹，我們都該承認，過去在自私地追逐短暫戀愛時，我們已造成許多混亂。約會或許看來像是無害的一場遊戲，但就我看來，我們都冒犯了彼此。當神要我們為自己在交往時的行為和態度作交代時，我們還能有什麼藉口？如果神連一隻麻雀都看得到（太10：29），你想祂有可能看不到在自私的交往關係中，我們所造成的心碎和感情創傷嗎？

在我們身旁的每一個人可能都在玩約會的遊戲，可是在一生的末了，我們不需要向他們作交代，而是要向神作交代。我所在的青年團契沒有人知道我在交往的關係中如何妥協，當時我是個領袖，被認為是個好孩子，但基督卻說：「掩蓋的事沒有不露出來的；隱藏的事沒有不被人知道的。」（路12：2）

我們在交往時的行為躲不過神的眼目。但我有個好消息要告訴你：那位看到我們一切罪過的神也已準備好要饒恕我們所有的罪，只要我們悔改並轉離惡行；祂呼召我們過一個嶄新的生命。我知道神已饒恕了我悖逆祂和得罪從前諸多女友的罪；我也知道祂希望我一生活出聰明的愛。祂向我所施的恩典驅使著我，讓我熱切渴望成為純淨無瑕、無可指摘的人。

我已經委身於活出聰明的愛，我也邀請你們一起來，以純淨無瑕、無可指摘為我們的優先考量，去面對那無所不見、無所不知的神。

2

約會的七大致命習慣

瞭解約會的負面傾向

小時候，我媽教了我逛超級市場的兩大守則。第一，絕不要在肚子餓的時候逛超市，因為這個時候所有的東西看起來都很好吃，因此會花太多錢。其次就是，一定要找到一輛好推的購物車。

關於第一條守則我倒是挺有心得的，但是至於第二條，我卻經常失敗。我似乎總有本領挑到鏘啷作響的生鏽購物車，不然就是輪子會吱吱響的推車，那就像是有人用指甲刮黑板一樣讓你神經緊張。

但最糟糕的推車就是「不聽使喚」的那一種，你是否曾經挑到過？這種推車好像有它自己的想法一樣。你一心想叫它乖乖往前直走，可是它卻偏偏彎到左邊去撞貓食的促銷陳列。（而且，令人既意外又尷尬的是，它經常成功！）挑到一台「不聽使喚」的購物車，真是不得安寧，每一個動作，不論是轉彎到早餐穀片區，或者是順著肉食區慢慢走，所有動作都像是在打仗一樣——因為車子的想法總是跟你過不去。

在這本談論約會的書中，為什麼要講購物車的事？我之所以回想到以前在超市購物時推車跟我過不去的經驗，是因為一講到約會，我也有過許多次類似的「意志之戰」。我要說的不是我跟約會對象之間的衝突，而是我在「約會」整個過程中所感受到的掙扎。根據我的經驗和對神話語的研究，我得出了一個結論，那就是約會對基督徒而言，是一輛「不聽使喚」的推車；約會的價值觀和態度，與神為我們所訂立的計畫藍圖，兩者的方向是南轅北轍。容我來告訴你為什麼。

自制是不夠的

有一次我聽到一位青年牧師講專題，主題是愛與性。他提到了一個令人心碎的故事，故事的男女主角名叫艾力克和珍妮，他們是信仰很堅定的基督徒，幾年前曾經很主動地參與這位牧師所帶領的青年團契。艾力克和珍妮的約會關係一開始很單純，只是週五一起去看看電影，一起玩玩迷你高爾夫。但隨著時間過去，他倆在肉體上的關係開始加速進行，最後兩人竟然上了床。在此不久後，他們決定分手，兩個人感到既沮喪又受傷。

這位牧師在幾年後的某校高中同學會上遇見了這兩個人。珍妮已經結婚生子，艾力克還是單身，但兩人都分別來找牧師，訴說他們為著過去那些回憶而感情受創，有深沈的罪惡感。

珍妮哭著說：「當我一見到他，過去的一切又活生生地回到眼前。」

而艾力克也有類似的感受，「當我一看到她，那個傷害就又回來了」，他對這位過去的青年團契牧師這麼說：「我的傷害還沒有被醫治。」

當這位青年牧師講完這個故事的時候，現場鴉雀無聲，幾乎可以聽得到針掉在地上的聲音，大家都呆坐在那裡，希望牧師提出解決之道。我們很清楚他所講的那種情況，因為當中有一些人曾經犯過同樣的錯，或者看見週遭的朋友發生這樣的事。因此，我們都想要更理想的戀愛方式，希望那位牧師可以告訴我們，應該如何改變我們的戀愛方式。

但是那天下午，那位牧師並沒有提供另一種方法。很顯然地，那位牧師認為，那一對情侶唯一的錯誤就是向試探低頭。他似乎認為艾力克和珍妮應該再多一點自制力，對對方應該有更多的尊重。即便這位牧師鼓勵我們去發展出不同的結局——拒絕婚前性行為，但是，他並沒有提供另一種實踐之道。

難道這就是一切問題的答案嗎？你與那些墮落的人朝著同樣的跑道前進，卻希望在關鍵的時刻可以把持住自己？給予年輕人這類的勸告，無疑是等於給他一台「不聽使喚」的購物車，然後把他送進一家瓷器店去，店裡面裝滿了世上最名貴的瓷器。姑且不論店裡狹窄的走道和兩旁擺滿精緻餐盤的玻璃櫥櫃，這個人得推著一輛不受控制的推車，逛遍整個賣場。我不認為他辦得到！

但是，我們許多人在交往時，用的就是這個方法。我們看到週遭的人一再失敗，但是仍然不願換掉這輛叫做「約會」的購物車；我們想要走在一條又直又窄的路上，好好事奉神，可是卻一直採用常常會讓我們走錯方向的策略。

約會是有缺陷的

約會有其先天存在的問題，如果我們繼續按照今天人們所採用的方法去約會的話，我們很有可能會走上歪路，遇見麻煩。艾力克和珍妮當時很可能都沒有壞意，但他們關係的基礎卻是建立在這個文化所形成的戀愛觀之上，而這種態度和模式有著許多缺陷。很不幸的，即便現在他們都已成年，卻仍舊自食苦果。

下列「約會的七大致命習慣」是約會關係中最容易偏離

正軌的情況。或許你會對其中一兩項感到心有戚戚焉。（我知道我一定會！）

一、約會讓人感到親密，但不一定讓人願意委身。

潔咪當時還只是個高一的學生，她的男友佐伊當時高三。佐伊合乎潔咪心目中最佳男友的一切條件，有八個月的時間他倆幾乎形影不離，但在佐伊要離家上大學的前兩個月，他突然聲稱不想再跟潔咪交往了。

潔咪後來告訴我：「和他分手是我一生中最難過的事。」雖然就肉體關係而言，他們只是親吻過，但潔咪已經把她的心和感情完全交給了佐伊。而佐伊享受了兩人之間的親密感，滿足了自己的需要，卻在面對人生的下一階段時，選擇離她而去。

潔咪的故事是不是挺耳熟的呢？或許你的朋友告訴過你類似的事，或者你曾有親身經歷。潔咪和佐伊在交往時跟很多人一樣，建立親密感之際，幾乎很少或根本沒有想到委身的問題；他們也可能壓根沒想到，當這段關係結束時，兩人會受到什麼影響。我們當然可以責怪佐伊，說他是個混蛋，但我們可否先問自己一個問題：大多數的約會究竟是為了什麼？通常，約會鼓勵我們為了得到親密感而建立親密感，也就是說，兩個人想要越來越親密，但並不是真的想要建立一個長期的委身關係。

不斷地加深兩人之間的親密感，卻不釐清兩人委身的程度，這麼做簡直就是一種危險。這就像是去登山，而你的夥伴不確定是否要承擔責任，抓住你的繩索。當你已經爬到兩千英呎高的山壁上時，你一定不希望還需要跟她討論，她是否覺得你們之間的關係「綁住」了她。同樣地，有很多人感覺到自己被深深地傷害，因為他們在情感上和肉體上向對方敞開，後果卻是遭人遺棄，只因為對方宣稱他們還沒有準備好進入「認真的委身」。

親密關係是神要我們享受的一種美好經驗。但在祂原來的設計中，親密感的滿足是愛的副產品，而這種愛是建立於委身的基礎上。你可以說男女之間的親密感就像是蛋糕上的糖霜，蛋糕則代表一段朝向婚姻而發展的關係。如果我們用這個角度來看親密感的話，那麼多數的約會關係通常缺乏目的或者清楚的目的地，充其量都只是那層糖霜罷了。在多數的案例中，約會關係通常都很短暫，只為了滿足當下的需要，高中生尤其是如此。大家之所以約會是因為他們想要享受感情上或甚至肉體上的親密感，卻不要負起真正的委身所帶來的責任。

事實上，原來的約會革命就是為了這樣的目的而興起的。約會並不是老祖宗留下來的東西，就我來看，約會是美國文化——以娛樂為目的、「樣樣皆拋棄式」——的產物。很久以前，在專門教導青少年約會秘訣的《十七歲》雜誌尚未發行前，男女交往的方式完全不是現在的樣子。

在十九及二十世紀之交，只有打算結婚的男女才會談戀愛。如果一個男孩子到女孩子家作客，親友便認定這個男孩子想要跟女方求婚。但是由於文化對交友觀念的轉變和汽車的問世，男女交往的方式產生了根本的變化。新的「規則」允許人們沉溺在戀愛的興奮中，卻可以不考慮婚姻的可能性。作家裴絲・貝利（Beth Bailey）把這樣的變化過程彙集成冊，出了一本書，名叫《從前院到後座》。在書中她清楚提及我們的社會如何改變態度，接納約會成為一種標準交友方式。而因為這種態度上的轉變，人們便開始單純享受戀愛的娛樂價值。

雖然從1920年代以來，已經有許多的變化。但在約會關係中，人們不斷追求親密感卻毋需付出承諾的傾向仍然沒有改變。

對基督徒而言，這種負面的「偏離」是約會產生問題的根源。沒有委身的親密感會喚醒我們的慾望——不論是感情上或者是肉體上，但這卻是當事雙方都不可能正當地滿足的。在帖撒羅尼迦前書4章6節中，聖經稱這樣的行為是「欺騙」(註)，也就是提高某人的期望，卻無法履行承諾，因而形成欺騙的事實。史蒂芬・歐福德牧師（Stephen Olford）形容「欺騙」是「引起一種我們不能合乎公義地去滿足的渴望[1]」——給予某種我們不能或者不願意履行的承諾。

沒有委身的親密感，就像蛋糕上的糖霜，雖然很甜，但只吃這個卻會讓人感到噁心。

二、約會傾向於讓人省略交往關係中「友誼」的階段。

傑克是在教會出資舉辦的大學生退修會中認識莉碧的。莉碧人很友善，大家都知道她很認真看待自己與神的關係。在這次退修會中，兩人在玩排球時剛好湊在一起聊天，並且似乎相當投契。當時傑克沒有意思要發展太深入的關係，但他想要多了解一下莉碧。在退修會結束後兩天，他打電話給莉碧，問她想不想週六一起出去看場電影。她答應了。

傑克的舉動是對的嗎？就約到女孩子、成功得分而言，他是對的。但如果他真想建立友誼，卻很可能失敗了。因為一對一的約會多半會讓男孩和女孩間的關係傾向於超乎友誼的層次，而太快進入戀愛關係。

你曾否遇見過一些人，他們很擔心跟認識很久的朋友出去約會？如果你有這樣的朋友，你很可能聽過他們說：「他約我出去玩，可是我怕一旦我們開始**約會**，友誼就會開始變質。」這究竟是什麼意思呢？說這番話的人，不論他們是否認知到這個事實，都認同約會有鼓勵人產生期待浪漫之愛的傾向。而至於真正的友誼，你並不會因為知道自己「喜歡」對方或是對方「也喜歡」你而備感壓力。你可以自由地做自己，與對方一起從事某個活動，而不需花三個小時攬鏡自照，以確保自己看起來完美無瑕。

魯益師（C. S. Lewis）形容友誼是兩個人肩並肩，朝著共同的目標前進，有共同的喜好把他們湊在一起[2]。而傑克在邀請莉碧進行典型的約會時（不用大腦、吃晚餐看電影的約會型態），他跳過了這個「以共同興趣為焦點」的階段；在這樣的約會中，兩人湊成「一對」才是約會的焦點。

在約會中，浪漫之愛的吸引往往是兩人關係的基礎。約會的前提是「我被你吸引，所以，我想要多認識你。」而另一方面，友誼的前提是「我倆都對同一件事有興趣，讓我們一起享受這共同的興趣吧！」而假如在發展友誼之際，兩人也逐漸受到彼此吸引，那就算是額外的收穫吧！

缺乏委身的親密感是一種欺騙，而缺乏友誼的親密感是很膚淺的。一段關係若只建立在肉體的吸引及浪漫的感覺，那麼，這段關係不會持久，必會隨著感覺的消失而消失。

三、約會通常讓人誤以為肉體的親密就是愛。

大維和海蒂無意在第一次約會就發生關係，這是真的。大維不是那種「用下半身思考」的男孩，海蒂也不是「很隨便」的女孩，那件事只是很自然地發生了。當晚他們一起去聽音樂會，後來就到海蒂家看錄影帶。在看錄影帶的時候，海蒂為了大維在音樂會上手舞足蹈而糗了他一頓，於是他開始在海蒂身上搔癢，兩人打打鬧鬧的，忽然間，一切動作靜止了下來，他們發現當大維把海蒂壓倒在客廳的地板上時，彼此正注視著對方的眼睛，他們親吻了彼此，一切就像是電影的情節。這一切是如此順理成章。

這樣的舉動或許真的感覺起來很順理成章，但這麼早就有了肌膚之親使他們陷入了迷惘。大維和海蒂根本還不夠瞭解對方，但是突然間，他們卻覺得彼此很親近。當兩人的關係繼續發展時，他們發現很難對這段關係保持客觀，每當要評估這段關係的優缺點時，馬上會想到兩人肢體上的親密互動和對彼此的熱情。「很明顯的，我們彼此相愛。」海蒂這麼想。但事實上究竟是否如此？兩人的嘴唇相碰並不一定代表兩顆心已經相連；而兩人的身體雖然彼此吸引，卻不表示兩個人就適合對方。由此可見，肉體上的親密關係並不等於愛。

當我們思考時，就會發現身處的文化環境都將「愛」與「性」這兩個字當作可以互換使用的字眼。所以我們看到許多約會關係錯把肉體的吸引和性關係的親密當作真愛，就一點都不應該感到訝異。但令人難過的是，連許多基督徒的約會關係也反映出這種錯誤的想法。

當我們檢視多數情侶關係的發展時，我們很清楚地看到，約會活動鼓勵這一類的錯誤替換。首先，正如上述所指出的，約會不見得會產生維持一生之久的委身。正因為如此，許多的約會關係都開始於肉體上的吸引，這樣做的潛在態度就是認為，一個人主要的價值來自於他或她在約會時外在的長相和表現。因此，即使在雙方還沒有親吻對方之前，這段關係的優先考量已經是肉體和感官方面的互動了。

其次，這類的交往關係也很容易往親密的方向發展。由於約會並不強制要求兩人給予承諾，約會的兩人沒有將對方視為可能的終生伴侶，也沒有考慮到婚姻的責任；相反的，他們的焦點是在當下的需求，等於允許彼此以當時的需要和情慾作為兩人互動的交集。因此，肉體關係很容易成為兩人交往的焦點。

也就是說，如果一男一女在交往時省略了友誼的階段，情慾通常會成為兩人的共同興趣。這麼一來，他們便會以肉體上的親密程度來判斷這段關係的認真程度。約會的雙方希望感受到，對對方而言自己是特別的，而且希望透過肉體上的親密接觸具體地表達出來，所以他們會開始藉著牽手、親吻以及其他接踵而至的親密舉動，強調兩人的「特殊關係」。而由於如此，多數人相信，跟誰一起約會便代表該有親密的身體接觸。

把焦點擺在肉體關係上很清楚是罪。神為了我們好而要求我們在性關係上保持貞潔。因為肉體上的接觸會扭曲兩人對彼此的觀點，並且讓他們作出不明智的抉擇。此外，神還知道，我們會把過去肉體關係的記憶帶到婚姻中，但他不希望我們帶著罪惡感和悔恨而生活。

肉體上的親密關係會讓兩個人感到親密。但如果在這麼多約會的人當中，有人肯真誠地審視其交往關係的焦點，他們很可能就會發現，兩人擁有的共同點都是出於情慾。

四、約會通常會讓一對男女與其他重要的關係隔絕。

在葛瑞斯和珍妮一起約會的那段時間裡，他們似乎不需要其他人的協助。為了多花點時間跟珍妮相處，葛瑞斯二話不說，便停止了每週三晚上的弟兄查經會。而珍妮則完全沒顧慮到，在跟葛瑞斯約會後，自己跟妹妹和母親聊天的時間簡直是少得可憐。她也沒有發現，只要自己一開口跟她們說話，總是葛瑞斯東、葛瑞斯西，重複著：「葛瑞斯說……」。他們都是無心的，可是卻愚蠢自私地把自己和其他的人際關係隔絕開了。

就定義上而言，約會就是兩個人把注意力集中在對方身上的意思。很不幸的，這麼一來，世界上其他的人多半都會遭到冷落。如果你曾經跟兩個正在約會的朋友一起出遊、覺得自己格格不入的話，你就知道這句話的意思了。

在跟約會相關的問題中，這一個問題可以說是最容易解決的。但是，身為基督徒，我們還是不能掉以輕心。為什麼這麼說呢？因為當我們因為某一種關係而排擠掉其他的人際關係時，便會失去客觀的觀點。箴言15章22節說：「不先商議，所謀無效；謀士眾多，所謀乃成。」如果我們在下人生重大決定時，單單憑藉某人際關係的建言，那很可能作出不明智的判斷。

當然，這種錯誤也會發生在任何與感情無關的人際關係中，但是在約會關係中，這種問題較常浮現，因為這種關係牽涉到人的心和感情。此外，由於約會關係的焦點集中於一對男女的生涯規劃，因此，跟婚姻相關的重大議題、家庭和信仰便很容易受到危害。

當雙方沒有定義好彼此委身的程度時，則是更加地危險。如果你把自己跟那些愛你，支持你的人分隔開來，便是把自己擺在一個不穩定的位置上，因為你完全沉浸在不以委身為根基的一段戀愛關係中。在《郵遞真愛》一書中，伊莉沙白．艾略特（Elisabeth Elliot）這麼說：「男人除非向女人求了婚，否則他怎麼有權利要求自己成為對方唯一注視的目標呢？女人除非聽到有人向她求婚，否則她怎麼會答應任何男人，要視他為唯一的對象呢？[3]」有多少人在終止約會關係時，才猛然驚覺，自己與其他朋友的關係已遭受嚴重的損害？

當葛瑞斯與珍妮一致決定停止約會時，兩人才極其驚訝地發現，他們其他的友誼都已年久失修了。這並不是說其他的朋友都不喜歡他們了，而是葛瑞斯與珍妮已經和別人非常生疏了，因為在他們倆專心約會的這段期間，都沒有投資任何時間或心血，來維繫這些友誼。

或許你也做過類似的事，或者你了解被人冷落的痛苦和挫折，只因為你的好友交了男友（女友）。約會關係要求雙方給予完全的注意力，而這往往很容易導致一個人失去服事教會的熱心；約會關係也把兩人跟最愛他們的朋友、最了解他們的親人隔絕開來，最嚴重的就是，連神都被隔絕在外，這是很令人難過的事。然而，神的旨意比我們對戀愛的一切渴望都要重要。

五、在許多個案中，約會使青年男女分心，以致於無法履行主要的責任，那就是專心為未來作準備。

我們不能活在未來，但是忽視我們眼前的義務，卻會使我們失去承擔明日責任的資格。若不是神對你另有安排，不然為了愛而分心也不是那麼不好的一件事。

約會關係最令人感到難過的一個傾向就是讓青年男女分心，以致於無法發展神所賜的能力和生活技巧。他們沒有利用時間在品格、教育和經驗上裝備自己，而這些卻是成功人生的必要訓練；相反的，許多人允許自己浪費時間和精力去滿足當前的需要，因為這是約會所強調的。

克理斯多夫和史黛芬妮十五歲就開始約會了。就很多方面來看，他倆的約會關係都足堪表率，他們從未產生肉體上的關係，此外，雖然在交往兩年後兩人決定分手，整個過程卻是相當平和。這段約會關係又何曾造成什麼傷害呢？如果從他們沒有惹出麻煩來看，答案當然是「沒有」。但是克理斯多夫和史黛芬妮本來可以做的事還很多，那麼，當我們這麼一想，就會開始看到問題了。要維持一段關係是需要付出大量時間和精力的，克理斯多夫和史黛芬妮花了無數個小時談話、寫信及相思，並且還常花時間煩惱兩人的關係。他們把本該使用在追求其他目標上的精力偷過來，用在約會上。對克理斯多夫而言，這段關係奪去了他對電腦程式設計的熱情，也使他無法參與教會的敬拜團。史黛芬妮則因為不想離他出外遠行，而有好幾次拒絕了參加短宣的機會——雖然史黛芬妮並無意責怪克理斯多夫。你可以看到，他們倆人的交往關係吞噬了兩人的時間，而這些時間其實是該用來發展生活技巧和開拓新機會的。

約會或許可以幫助你練習當一個很好的男朋友或女朋友，但這類技巧到底有何價值？即使有一天你會跟這個對象結婚，目前你心無旁騖、只為了成為一個完美的男朋友或女朋友的舉動，實際上卻會阻礙你成為對方未來所需要的丈夫或者妻子。

六、約會可能使一個人對神所賜的單身狀態有所不滿。

在我弟弟三歲生日時，有人送了他一輛漂亮的藍色腳踏車。那一輛迷你腳踏車是全新的，還附上練習用的小輪子、護膝、護腕和幡旗。我覺得沒有比那一輛腳踏車更好的禮物了，我等不及要看他的反應。

但是，讓我深感懊惱的是，我弟弟似乎對這樣禮物沒有什麼反應。當我爸爸把腳踏車從瓦楞紙製的大紙箱裡拿出來時，我弟弟看了一眼，微笑了一下，馬上就玩起了箱子。我和家人花了好幾天的時間才說服他，真正的禮物是那輛腳踏車。

我忍不住想，神會怎麼看待我們沉迷於短暫約會？我想多半就像我看到自己的弟弟那麼喜愛一個沒有價值的紙箱是一樣的吧。一連串缺乏委身的約會關係並不是神所預備的真正禮物！神賜給我們單身時期，是生命可能擁有無限成長、學習及服事機會的時光，這種機會是空前絕後的；但是我們卻視之為一段用來尋找並維持男女關係的時間，把自己綁住。要得見單身真正的美妙，不能靠拼命變換戀愛對象而達成；單身真正的美妙，在於能夠盡情使用你的自由來服事神。

約會則會導致人對單身的不滿足，因為約會鼓勵我們誤用這樣的自由。神在多數的男女心中放入了對婚姻的渴望，雖然期待婚姻並不是罪，我們卻可能因為沒有作好單身的好管家而犯罪，因為我們容許自己沉溺、渴望一個神很明顯還沒有賜給我們的東西，同時讓這樣的慾望奪取了我們享受和讚賞神所賜現狀的能力。約會助長了這種不滿足的心態，因為約會給單身者一定程度的親密感，讓他們希望可以更進一步。約會不但使人們無法享受單身時期的獨特生活品質，還會讓人把焦點放在他們缺乏的東西上。

七、約會創造了一個虛偽的環境，使雙方無法評估對方的性格。

雖然多數的約會關係不是朝著婚姻這個目標而進行的，但是有一些約會關係的背後動機的確是為了婚姻，特別是對那些年紀較大的大學生而言。誠心想要了解某個人是不是有可能成為婚姻伴侶的人必須了解到，典型的約會實際上會阻礙了解對方性格的過程。因為約會為兩人的互動創造了一個虛偽的環境，參與約會的人因而很容易傳達出同樣虛偽的個人形象。

我家外面的車道上方裝了一個可以調整高度的籃球框。如果我把架子降得比正常高度低三英呎，我看起來就像是世界一流的灌籃高手，可以輕輕地滑過路面，把籃球使勁地灌進去，而且毫無失誤。但只有在我降低了標準後，我才會擁有這般高超的「技巧」，因為我不是在一個真實的環境中打球。當我遇到一個十英呎高的正常籃框時，我就又變回那個連跳都不會跳的男孩了。

同樣的，約會製造了一個虛偽的環境，這個環境不要求一個人準確地扮演他（她）所有正面和負面的性格。在約會的時候，一個人可以盡情在對方面前施展魅力。他開著一輛名車而且負責付錢，她則是打扮得美若天仙。在約會的時候令人感到愉快，基本上無法讓你知道，對方是否擁有好丈夫或好妻子的品格或能力啊！但是誰真的在乎？

約會最好玩的部分原因在於，它讓人可以稍微脫離現實。因此，如果我以後結婚，我計畫要固定跟太太約會。在婚姻當中，你需要找個機會，脫離孩子和工作帶來的壓力，有時候你真的需要跳脫一下現實。但是兩個正在衡量結婚可能性的男女，一定要確保兩人互動的環境，不只侷限於有趣、浪漫的約會。他們的第一優先不該是要脫離現實，反倒需要加強在客觀現實中的互動！他們需要在有親友的真實環境中去觀察彼此，並需要看到彼此如何服事及工作。他跟最熟的友人如何互動？當事情不是很順利時，她有什麼反應？

在我們考慮可能的配偶時，需要得到這類問題的解答，而這些問題卻是約會所不能回答的。

積習難改

以上約會的七大致命傷顯示出，光靠「正確地約會」無法真正處理約會導致的諸多問題。我相信約會擁有許多危險的傾向，而這些傾向並不會因為主角是基督徒便瞬間消失。即使有些基督徒還不至於落入約會的大圈套，如婚前性行為或使感情受創的分手等，他們還是得耗費許多精力，避免自己被試探所勝。

如果你曾約會過，這些話可能聽起來很熟悉。我認為我們一直使用世界的思維和價值觀來面對男女交往關係，這麼做已經太久了。如果你已試過，可能會同意這樣的方法真的行不通。別再浪費時間跟不聽使喚的約會購物車搏鬥，該是換個態度的時候了。

註：和合本中文聖經將 defraud 譯為「欺負」。

3

全新的態度

改變態度，幫助你避免約會的致命習慣

在前一章中，我勾勒出約會的七大致命習慣。或許前一章挑戰了你對約會的觀點。若果真如此，你可能正對自己這麼說：「我同意約會有它本身的問題，但我現在該怎麼做呢？基督徒要**如何**才能避免約會的致命習慣？

第一步就是，改變你對男女交往關係的態度。說比做容易，不是嗎？但在以弗所書4章22-24節中，保羅講到要如何改變我們的生命：「……就要脫去你們從前行為上的舊人，這舊人是因私慾的迷惑漸漸變壞的；又要將你們的心志改換一新，並且穿上新人；這新人是照著神的形像造的，有真理的仁義和聖潔。」除非我們更新自己對於戀愛和交往關係的

想法，否則，我們的生活方式還是會繼續陷在約會的致命習慣中。

我認為神要我們對戀愛具備正確的看法，在這一章中，我將清楚地陳述之。接下來我要提出五種重要的「新態度」，幫助我們破除約會形成的負面習慣。每一種態度都源自我們對這三方面的看法：愛、貞潔和單身。在本書第二部中，我們會就這三方面加以詳述。但現在要先談談態度上的改變，這可以讓我們稍微認識約會的替代方案，乃是神要賜給尋求祂最佳安排的人的。

1、每一段交往關係都是效法神愛人的機會。

柏達妮就讀於基督教大學，是很外向的大一新鮮人，素有招蜂引蝶的名聲。很不幸的，她跟男孩子的互動多半是虛情假意，只是為了吸引別人注意，並且為了讓她看上的男孩子有所反應。柏達妮努力使男孩子喜歡上她，所投注的精力遠超過鼓勵對方成為更敬虔的男子。

然而，當柏達妮改變她的觀點之後，她終於明白，她與異性的友誼是學習用基督的愛來愛他們的機會，於是她的態度有了一百八十度的轉變。她的心態從輕浮的釣凱子轉變為付出誠實、真誠的愛。從此之後，她待男孩子如同弟兄，而不是可能的男友。從前她把自己看作宇宙的中心，認為其他的人都繞著她轉，現在她卻開始尋找祝福他人的方式。

世人會從我們愛他人的方式知道我們是基督的門徒，因此，我們必須用神所定義的愛去愛人，就是以誠心、僕人的心志和無私的愛去愛人，而不再用世人那種以感覺為基礎、充滿自私和感官享樂的愛去愛人。

2、單身歲月是神的禮物（恩賜）。

麥可今年二十一歲，外表迷人，個性積極。他在自己的教會青年事工部實習，因此有許多機會認識年輕的基督徒姊妹。雖然他知道以單身身份傳道很好，也不急著結婚，卻早已養成和女孩子約會的習慣。麥可也沒有做出什麼不合乎道德的事，但這種維持短暫約會關係的習慣，卻剝奪了他運用單身時期可以彈性、自由且專注地服事主的可能性。他維持約會的習慣是因為他仍然具有舊式思想，覺得如果沒有女朋友，人生就不算完整。

但是，當麥可轉變態度，開始視單身為一個禮物時，他學會在神要他仍然維持單身時滿足於友誼的關係，因此，麥可得以除去短暫的交往關係為生活所增添的雜亂。有了這些重新釋放出來的時間和精力後，麥可便得以更有效地擴展事工，並與男性、女性都建立了更深的友誼。

除非了解到單身是神的禮物，否則很可能遺漏掉單身所蘊藏的良機。你現在回想一下，或許便會想起，若當初放棄約會的心態，就可以掌握某個機會。身為單身者，你有自由可以探索、從事研究、為世界上的問題盡一份心力。這樣的良機只屬於這個時期。

3、親密感是委身後所得到的獎賞，在我尚未準備好結婚之前，我不需要追求一段戀愛關係。

珍妮今年十七歲，她跟教會中一個男孩已經約會一年多了。他們都是很屬靈的基督徒，希望有一天可以結婚。但這個「有一天」是問題所在，因為照實際的狀況來看，他們還要等好幾年才可能結婚。在此之前，兩人都還有一些事情，要為了神去達成。

舊有的態度對我們說，擁有親密感是很棒的事，所以應該趁現在好好享受。但新的態度則認為，如果兩個人還不能向彼此委身，就沒有資格談戀愛。珍妮終於告訴她的男友，他們需要限制兩個人投資在彼此身上的時間和精力，雖然這樣做並不容易。由於他們相信，只要是神的旨意，兩人未來會回復交往關係，於是便決定停止兩人親密關係的進展，直等到他們能委身為止。雖然他們因為分離而飽受相思之苦，不時緬懷過去所享受的親密感，但他們知道，就長遠而言，不論兩人是否嫁娶對方，他們都已作出了最好的抉擇。

神創造我們每一個人先天都有對親密感的渴望，祂也打算要滿足這樣的渴望。在我們還單身的時候，祂並不期望這樣的渴望會消失，但我相信祂要我們有耐心等待；而在等待的期間，祂要我們尋求與家人建立親密的關係，也與主內的弟兄姊妹建立深刻的友誼。

這並不是說你得嫁給第一個讓你感覺到親密感和愛情火花的人。我知道有些人嫁娶的是他們首度建立親密感和戀愛關係的人，但多數的人都不是如此。每個人在神清楚指示嫁娶誰之前，都很可能跟好幾個人發展過親密的交往關係，但我們卻不能用這個當作藉口，為了戀愛而戀愛。我相信這樣的心態是被誤導而且是自私的，如果你還沒有考慮要進入婚姻，或你不是真的想要嫁娶某個人，為什麼要鼓勵對方成為需要你的人？或甚至要求他（她）去滿足你在感情或肉體上的需要呢？

4、在婚姻之外，我不能「佔有」任何人。

在神的眼中，兩個結婚的人是成為一體的。在成長的過程中，你經常想要跟某人一起分享人生，達到成為一體的境界——或許你現在就有這種渴望。但是，我仍然相信，在我們尚未預備好將一生獻給婚姻之前，我們都沒有權利對待任何人，彷彿對方是屬於我們的。

莎拉和菲利普都是高三學生，他們已經交往六個月了，而兩人的關係可以說是很當真了。事實上，就各方面而言，他們倒不如結婚算了，不但幾乎形影不離，獨占彼此的週末、開對方的車，此外，他們跟對方的家人幾乎跟自己的家人一樣熟。而他們肉體上的關係也來真的，事實上，已接近危險邊緣，雖然還沒有發生性關係，卻經常為了是否逾矩而內心交戰。

舊有的態度對我們說，如果真的愛一個人，就可以「大玩婚姻的遊戲」。但是新的態度卻認為，在婚前佔有另一個人的時間、情感和未來，宣稱這些屬於我們，是不正當的行為。

莎拉和菲利普明白，他們需要讓彼此的交往關係煞車。當他們宣稱對方屬於自己時，已阻礙了自身的成長，並耗損了不必要的精力，而這些精力是應該用來為未來作準備的。在他們還不確定將來是否會結婚的時候，他們就以彼此為中心，去計劃未來，但就現實面來看，他們很可能會跟多數的高中戀人一樣，嫁娶別人。

就算莎拉和菲利普的肉體關係可以保持純潔無瑕，但只要他們繼續交往，還是會繼續佔有彼此的屬靈和情感生活，這是不正當的。如果神要他們未來在一起，目前決定終止交往並不會危及祂的計劃。現在他們必須順服神分手，不再偷取對方的時間。

你是否不正當地佔有某人的感情、靈命或者肉體？求神向你顯明，你是否需要重新審視目前的交往關係。

5、我避免讓自己身處於妥協的環境，讓自己的身體或意念向淫亂屈服。

潔西卡今年十六歲，是個好女孩，但不幸的是，她過於天真。雖然她還是個處女，而且立志拒絕婚前性行為，但在跟男友相處時，她卻使自己處於容易妥協的情況中。比方說，她母親出門後，他們會在她家一起作功課；一起出外約會結束時，他們會在男生停妥的車上閒坐著。如果潔西卡夠誠實，一定會承認，她很喜歡在這些情況中感受到的興奮感。她覺得這麼做很浪漫，可以感覺到自己控制著她的男友。而這個男友，講實在的，只要潔西卡允許，一定會竭盡所能地增加肉體的親密程度。

但是，當潔西卡改換態度之後，明白了貞潔不只是維持處女之身。她誠實地檢視她跟男友的關係，發現自己已經遠離貞潔。為了走回正途，她必須徹底改變她的生活方式。首先，她結束了與男友的交往，因為他們只專注於肉體的關係；接著，她決定委身於逃離那些易於妥協的環境。

你選擇在什麼地點、什麼時候、跟誰在一起，顯示出你持守貞潔的委身程度。你是否需要檢視你的行為傾向？如果需要，你要確保自己不會陷入某種容易遭受試探的情境。

不必要的行李

或許你現在會這麼想：「這還真是個激進的態度啊！」或許你很懷疑，自己有沒有可能採行這看來陌生的態度。我知道這種新態度挑戰了傳統，甚至可能與你的老習慣有衝突。但我相信，如果我們想要活出「效法耶穌」的生活，就必須採取一種革命性的生活模式。徹底的順服神，就是所謂活出「效法耶穌」的生活，而這種生活容不下心胸狹隘、態度虛假、浪費時間、甚或是自私自利。簡言之，這種生活方式不容許約會的七大致命習慣存在。

對你而言，這可能聽起來太強人所難，但只要你稍加考慮一下，我想你可能會發現，這是可行的，甚至是你所渴望的。怎麼說呢？因為當你把眼目定睛於用真誠和明智去愛人時，你就會發現，放棄世界的交往方式根本不算是犧牲。拒絕舊有的態度，是一種很自然的回應，不只避免了約會造成的問題，更重要的是，也回應了神給我們的至高呼召。祂命令我們要「放下各樣的重擔」及「存心忍耐，奔那擺在我們前頭的路程」。（來12：1）神要我們贏得人生這場競賽。我們的文化形成了約會的風氣，而它的態度和做法，如同一件不必要的行李，令我們不堪負荷。

「但是另一種替代方案到底在那裡？」你問道。「難道要孤獨過一生，一輩子單身？難道要每週五晚上待在家裡，跟自己的貓一起看錄影帶？」不是的。

選擇放棄約會遊戲並不表示拒絕跟異性建立友誼、拒絕彼此陪伴、拒絕談戀愛甚至結婚；我們仍然可以追求這一些，只是我們選擇按照神所定的條件、照祂的時間表去進行。神要我們將戀愛的熱望放進「各樣的重擔」之列，並把它放下，好讓我們可以「先求祂的國和祂的義」（太6：33）神有一個主要的心意，就是要我們全心全意尋求祂；放棄約會只是順服神的一種副產品。

奇妙交換

在今日的約會關係中，有許多態度和做法，都與神要我們活出的「聰明的愛」的生活方式有所衝突。我要問你幾個供你自省的困難問題。你是否願意打破文化所制定的規則，去經驗神最美善的安排？你是否願意把一切都交給祂？全然委身於祂？

我很喜歡一個牧師叫拉彌・撒迦瑞亞（Ravi Zacharias），他講過一則小故事。這一則故事清楚地說明了我們所面臨的抉擇。有一天，有個拿著一袋彈珠的小男孩，對一個擁有一袋糖果的小女孩提出收藏交換的請求，她很高興地答應了。但是當小男孩把彈珠從袋中拿出來時，突然發現自己無法割捨其中幾顆彈珠。於是他挑了三顆他最喜歡的彈珠出來，把它們藏在枕頭下面。小男孩和小女孩完成了交易，小女孩對他的欺騙毫不知情。當天晚上，小女孩躺在床上，很快就進入了夢鄉，但小男孩卻是輾轉反側，他相當地清醒，腦子裡面一直想著這個惱人的問題：「不知道她是不是也把她最好吃的糖果給藏了起來」。

就像那個小男孩一樣，許多人一生深受著這個問題的困擾：「神是否給了我最好的一切？」但是我們必須先回答的一個問題是：「我是否給了神我最好的一切？」

除非我們把一切獻給神，否則我們不可能經驗到神最好的安排，不論是在單身時期或婚後。我們一直不肯放下舊有的態度，愚昧不堪地抓住世界的生活方式，以為它可以帶來滿足，神卻要求我們把一切交給祂。

你現在的狀況為何？你是否已經把自己所有的獻給了神？或者你還把自己最喜歡的彈珠拿在手上？而其中也包括了你對約會的態度？

在接下來的幾章當中，我們要檢視自己對三個核心議題「愛、耐心和貞潔」的態度；這三個核心議題決定了我們的交往方式。當我們尋求去得著神的心意時，即將發現，把一切都交給祂，是很划算的一次交換。

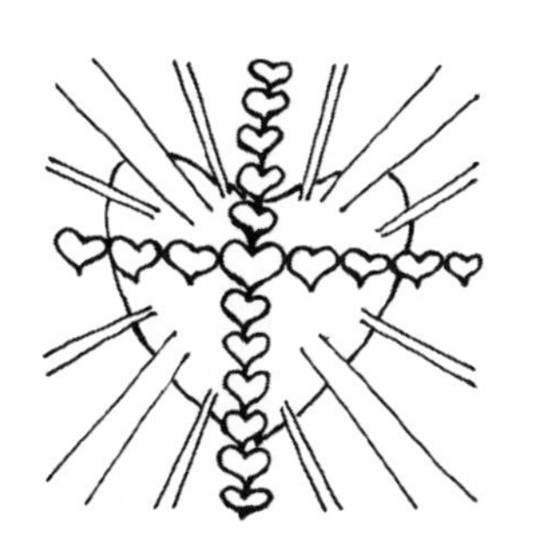

第二部
核心所在

4

愛的真諦

學會正確地為愛下定義

「你做了什麼？」我不可置信地問道。

傑夫大聲地笑著，當時正好要轉彎，他卻加速行駛，我的震驚顯然提高了他的興致。「葛蘿莉亞告訴她媽媽，週末要在朋友家過夜，但是我們其實已經在飯店裡訂了一個房間。」他說得口沫橫飛，好像這件事沒什麼大不了似地。

雖然這位老兄很年輕，看起來好像還不到合法開車的年紀，但他卻是我那個暑假的司機，當時我待在俄亥俄州的祖母家。我們兩家的家長打從他父母剛結婚就認識，我們還有學齡前一起玩耍的照片呢！

傑夫和葛蘿莉亞已經交往好一陣子。如果不把數度分手又復合的時間算進去的話，他們已經約會將近一年了。傑夫一直模糊地交代他倆肉體關係發展的程度，但現在很明顯地，他們已經達到兩情相悅的巔峰了。

「我們在達頓市的飯店訂了一個房間。」他一邊把手伸出車窗外，感受外面的冷空氣，一邊解釋著。他笑嘻嘻地轉向我，淘氣地眨了眨眼，然後對我說了聲「哎呦！」

我以不同意的語氣跟他說道：「你真是令我無法置信，你是說你和葛蘿莉亞已經……你們難道已經……我是說你們已經睡在一起了嗎？」

傑夫看得出來我並不高興。他要我對他感到佩服，像他足球隊的隊友在更衣室用力拍打他的背一樣，為了他的「戰功」而稱讚他一番。我是很想大力摑他一掌，但不是在背上。

「約書亞，你聽我說」，他充滿防衛心地回答我說：「我們為了這一天已經等了很久了。這一天真的很特別。這麼做或許不符合你的道德標準，但是我們覺得現在正是時候表達我們的愛了。」

我氣憤地說：「我的道德標準？打什麼時候開始，這種要求變成是我的道德標準了？這件事我們談過幾次了，你記得嗎？而且是兩個人單獨談的？你記得在教會那一次嗎？傑夫，你知道這麼做是不對的，你……。」

傑夫插嘴說道：「我們彼此相愛，如果你曾談過戀愛，那麼你就會知道。」

那一番對話就到那裡結束了。不知為了什麼，紅燈似乎一直不換成綠燈。我們兩個不發一語地坐著，左右轉燈號滅了又閃了，我卻一直凝望著窗外。

四年以後，傑夫準備前往密西根州上大學。「我訂婚了！」他在電話的那頭告訴我：「黛比實在是太棒了，我從來沒有過這麼愛一個人的感覺。」

「太棒了」，我說道。我的恭喜聽來言不由衷，我沒辦法控制自己，因我想到了葛蘿莉亞。我已經很久沒有看到她，不知道現在變成怎麼樣了？傑夫前三任或前四任的女友又如何？這是愛嗎？

第一個吻

「吃中國菜怎麼樣？」我一邊把車開出車道，一邊問道。

「很棒啊」，艾瑞克用一貫興致勃勃的語氣回答道。我剛認識艾瑞克和他的太太蕾絲莉，但我已經注意到艾瑞克對每一項事物所表現的盎然興致和興奮之情，連對餐館的建議都不例外。

「你覺得可以嗎，親愛的？」他很溫柔地詢問坐在後座的蕾絲莉。

「當然」，她甜甜地回應他。

艾瑞克和蕾絲莉正好開車經過西北部，順道來拜訪我。我在科羅拉多州的一個朋友，提到過這對新婚夫婦和他們合寫的一本小書，其中描述了兩人相識的經過以及如何愛上對方，但他們選擇不隨波逐流，所以並沒有按照典型的約會模式交往。

要找到比他們倆人更浪漫的夫妻可能不太容易，他們彼此傾慕，連外人都看得出來。艾瑞克很少將目光移開蕾絲莉的身上，在前往餐廳的途中，他坐在駕駛座旁，把手伸到座位後面，蕾絲莉則把手往前伸，扣住他的手。連坐在前後座都要手牽著手？我可從來沒見過這樣的夫妻。

吃過晚餐之後，我們剝開了幸運餅乾，我拿到這個問題：「你們兩個是否難捨難分？」我不禁揶揄他們，蕾絲莉的臉開始泛紅。「在你們訂婚期間，是否覺得很難保持在肉體關係上的貞潔？」

艾瑞克牽起蕾絲莉的手，對她微笑著，然後才回答我：「想要親近的慾望當然是存在的，那種感覺不會減少，但是對我而言，沒有什麼好掙扎的，因為蕾絲莉和我在一開始交往時，就決定兩人要禁絕肉體的接觸，直到我們結婚為止。我們兩人的第一個吻，是在婚禮的聖壇前。」

我的下巴簡直快掉了下來。「你們一直等到結婚才親吻？」

「是啊」，艾瑞克微笑著回答：「我們最多是牽手而已。約書亞，我們知道這樣的標準不一定適合每一對情侶。我們這麼決定不是墨守成規，而是衷心的盼望。包括我們的父母在內，每個人都認為我們應該親吻彼此，但是我們一致決定這是我們想要的，在結婚前保護彼此是我們表達愛的方式。」他的眼中閃耀著一道光芒，接著說：「約書亞，我告訴你，那第一個吻是舉世無雙且極度美好的，簡直無法用言語來形容。」

艾瑞克和蕾絲莉、傑夫和葛蘿莉亞，這兩對情侶都用了「愛」這個字來解釋他們的動機，但他們的行為卻是南轅北轍。這兩對情侶所講的是同一件事嗎？對傑夫和葛蘿莉亞而言，愛讓他們義正辭嚴地在婚前共度春宵；對艾瑞克和蕾絲莉而言，愛卻代表著在踏上紅毯那一端之前，拒絕任何肌膚之親。對傑夫和葛蘿莉亞而言，愛代表沒有耐心，且是必須妥協的；對艾瑞克和蕾絲莉而言，愛是純全品格的養份，提供了等待所需的耐心。

同一個字，卻有著不同的定義。

與愛情談戀愛

我承認我是個無可救藥的浪漫主義者。如果世上真有「與愛情談戀愛」的人，那麼我本人就是。

沒有什麼比得上愛情，如果你有過經驗，就會知道我的意思。墜入情網是由上千個難以言喻的時刻拼湊而成的。每當你想到那一個特別的人時，一種不安的能量會流經你的身體，而你在醒著的每分鐘都想著她。你對無趣的例行事務，例如吃東西、睡覺以及理性的思考失去了興趣。你發現電台播放的每一首情歌都是為你而寫的。彷彿有一個人把你眼前的障礙物拿開了，於是你看到了一個充滿奇觀、奧秘和快樂的世界。

我愛上了愛情。但是我逐漸發現，我對愛不是真的很了解。喔，我可以告訴你愛情帶來的溫暖和它朦朧的一面，並帶著羅密歐全副的熱情把自己丟進浪漫之中。但是在神所開設的真愛學校裡，我恐怕還只是個幼稚園程度的學生。

對我和其他「熱愛談戀愛的」浪漫主義者而言，神要給我們一個更高更廣的視野，加深我們對愛的認識。戀愛可以顫動人靈魂的核心，但是那只是真愛的一小部份；我們一直都還在玩具沙箱中玩耍，神卻要帶我們去真正的沙灘。

你順服「愛之神」或是「基督」？

明白神對愛的觀點非常的重要，關於這一點，我必須再三強調。約會所有的致命習慣都可以歸咎於人們採取墮落世界對愛情的態度；而神對愛的定義以及這世界對愛的定義，兩者是水火不容的，這一點人們早已時有所聞。基督徒可以選擇效法我們的主，或是落入世界提供的愛情模式，而後者是較為誘人的。

使徒保羅為住在哥林多的基督徒寫了那一篇著名的「愛的書信」，他很了解這個掙扎。在保羅那個時代，寫信跟哥林多人講神的愛，就等於是寫信給今天住在好萊塢的人講論家庭價值。保羅一定很清楚這麼做的諷刺之處吧！「哥林多人」是「道德淪喪」的同義詞，英文片語「扮演哥林多人」意指一個人沉溺在性愛的享樂之中，「哥林多的女孩」是娼妓的另一種說法。保羅怎麼可能將神純全的愛的知識傳達給這個沉浸在彎曲行徑之中的城市呢？

愛是恆久忍耐，又有恩慈；愛是不嫉妒；愛是不自誇，不張狂。（林前13：4）

哥林多這一個充滿喧囂、大都會式的港都，已經高舉性愛如同追求一個宗教一般，希臘的愛之神艾芙黛蒂的神廟僱用了一千個娼妓。當這城市裡的每一處街角以及每間娼館都提供人們所謂的「愛」──感官享受時，這些人又怎麼可能了解「神是愛」這句話的真意呢？（約壹4：16）在虛假之愛的誘惑下，他們看得見真愛的美善嗎？

不做害羞的事，不求自己的益處，不輕易發怒，不計算人家的惡。（林前13：5）

愛之神或是基督會在哥林多取得勝利？縱慾是否會將「僕人心志」逐出家門？性愛是否會比無私佔有更優先的地位？保羅所寫的書信語氣謙和，他的讀者會選擇永恆之樂，或是短暫易逝的享受？

今日的基督徒也得忍受同樣的掙扎。縱然已相隔兩千多年，我們的文化卻與哥林多的文化相去不遠。較之更甚的是，性已變成了一種商品，色情以及誇大的性愛在向我們呼喊，它充斥每一個街角，娼館暫且不提，書報攤和音樂排行榜都是它的發言人；卡文克萊的廣告對你低聲說著：「愛就是性」；一齣電影這麼告訴我們：「性是享受」；電台播送著甜美的歌聲，傳進你的耳中：「享樂是唯一重要的」。

在這樣的高談闊論中，神平靜的真愛信息仍然向著選擇傾聽的人傳送。

你聽到了嗎？請你把手中的雜誌放下來；請你把錄影機關掉；請你扯掉音響的插頭；請你留心聆聽……。

> 不喜歡不義，只喜歡真理；凡事包容，凡事相信，凡事盼望，凡事忍耐。愛是永不止息。
>
> （林前13：6-8）

時尚的夢魘

我們就像哥林多的基督徒一樣，可以選擇兩種類型的愛——神的愛或者是世界的愛。我們到底要選哪一種？

我要提出一個比喻，可以幫助我們了解身為基督門徒的角色，以及應該如何愛人。第一次聽到時，你可能會覺得奇怪，但請你不要聽到一半就離開，等我稍作解釋之後，你就會明白它的意思。我想我們應該把「愛」看作穿戴的衣物。

自從亞當和夏娃悖逆了神，在伊甸園中穿上無花果樹的葉子之後，這個世界就經驗了某種「時尚的夢魘」；但這講的不是衣著，而是愛。當罪惡毀損了神對愛的原始計劃時，人類便開始「穿戴」一件扭曲的、腐爛的仿製衣服，這件衣服是由自私和不負責任所織成的。

但由於神的愛是完美持久的，於是祂設計了一個新方式——祂差遣了耶穌基督，來矯正一切的錯誤——讓我們可以重新經驗祂起初設計的愛。從時尚的用法來說，可以稱呼我們信心的創始成終者為設計師和模特兒，祂設計並穿戴了一種革命性的愛；基督為了一個拒絕祂的世界犧牲性命，且告訴我們要愛仇敵；祂為那些稱祂為夫子的人洗腳，且告訴我們要以謙卑的心服事彼此。

祂把作衣服的紙樣賜給了我們。「我怎樣愛你們，你們也要怎樣彼此相愛。」（約13：34）祂還告訴我們要跟世人分享。

超級模特兒

你或許永遠不能走上紐約或巴黎的時尚舞台，但身為基督徒的你，卻是向世人展示「神的愛」的模特兒。了解這個角色，會深切地影響我們如何處理人際關係，特別是約會的關係。在約會的時候，我們代表了神的愛，不只對交往的對象來說，對看顧我們的神也是一樣。

身為基督徒，我們必須記得，神完全的愛不只是為了我們的益處而已。一個模特兒身上穿的衣服，是為了吸引人們注意設計師的創意；模特兒負責展示設計師的作品，但這些衣服是關乎設計師的聲譽，而非模特兒的聲譽。同樣的，身為基督徒，我們是「神的愛」的模特兒，不論我們是否察覺，世人都在看我們，他們所看到的影響著神的聲譽，而這位神愛祂所造的萬物。如果我們宣稱自己是基督的跟隨者，卻展示著世界那受到扭曲的愛，等於是拖累了主的名聲和品格，把它們踩在泥地裡。

因此，我們必須反問自己：「我是否展示了基督的愛？我在這一段關係中的動機和行動，是否反映了神向我展現的純全的愛？」現在你會怎麼回答這些問題？

自私的愛

我相信當我們避免約會的致命習慣時，便能展示神完全的愛。要這麼做，就得先認清楚這世界愛的模式，然後加以拒絕。首先我們必須了解，這世界的欺騙源自一個信念，那就是，**愛的主要目的是滿足自我和安慰自己**。世界已經毒害了愛，這種自私的愛把焦點集中在先滿足一個人的需要。

這樣的毒素可以在這件事上看出來：一個人強迫異性朋友與他發生性關係。你們都聽說過這句話：「如果你真的愛我，就會答應我的要求。」換句話說，這句話的意思就是：「我並不關心你或你的信念，或者這麼做是否會傷害你的感情，儘管滿足**我的**需要就是了。」你也可以看看那個為了更受歡迎而尋找約會對象的人，在他遇見另一個社會階層更高的人時，就會把對方甩了。當然，第一個例子是比較極端一點，但這兩個例子都生動地呈現了自我中心的「愛」。

接著，有人還告訴我們，**愛主要是一種感覺**。剛聽到這種說法，你可能會覺得無傷大雅，因為我們經常可以感受到愛，而這種說法不見得是錯的。但當我們以感覺來衡量愛的時候，卻是把**自己**放在最重要的位置上。我們的感覺本身，並不會帶給他人一點點的好處。如果一個人「感覺」到他愛窮人，卻從未給予金錢上的幫助，或者從未仁慈地對待窮人，他的感覺又有什麼價值？這樣的感覺可能會讓他個人受益，可是如果他沒有表現出愛的行動，感覺就什麼都不是。

當我們膨脹了感覺的重要性之後，便疏忽了把愛付諸行動的重要性。當我們只以感情上得滿足的程度來衡量愛人的品質時，這愛就是自私的。

我已經墜入愛河，不可自拔

一般人對於愛情第二個普遍的錯誤想法，則跟個人的責任感有關。那就是世界告訴我們：**愛是不能控制的**。

這樣的想法已經深入到我們的語言當中。比方說，我們形容展開一段熱戀為「墜入愛河」，否則就是「我們已經瘋狂地愛上了對方」。你很可能聽過他人這麼說，或許你自己也說過這些話。

為什麼我們一定得把愛比作坑洞或者是一種精神狀態？這樣的說法究竟顯明了我們對愛抱持什麼樣的態度？我想我們之所以使用這些較為誇大的類比來形容愛情，是因為這樣的說辭可以推卸責任。如果一個人是掉進某個洞裡的，那麼又有什麼辦法掌控這件事？如果某個動物染上了狂犬病，口吐白沫又到處亂咬人的話，事實上牠並沒有辦法控制自己可惡的行為，因為牠瘋了。

用這樣的字眼來討論愛情，是不是聽來有點荒謬？我也這麼認為。可是我們卻很容易用這些說法來表達對愛情的體驗。我們把愛情當作是我們不能控制的事情，如此一來，便有藉口不負責任。在某些極端的例子中，有人會為了愛情而犯下違反道德、謀殺、強暴以及其他許多的罪惡。或許你我不曾殺人放火，但是或許你曾為了某一段交往關係，對父母或朋友說謊；或許你曾經在肉體的關係上要求你的對象妥協。但只要愛情不在我們的控制範圍內，我們便不太可能為它負責任。是的，我們知道自己有時過於魯莽；是的，我們知道自己可能在過程中曾經傷害過其他人，可是我們沒有辦法啊！因為是被愛沖昏了頭嘛！

當頭棒喝

這世界或許會用這樣的詞語去定義愛，且提出一套理由來支持它，但聖經卻提出了一種極為不同的觀點。對於以自我為中心、以感覺主導、認為一切都難以控制的、那種用世俗的愛來愛人的人而言，神對愛的定義可能會令人瞠目結舌，就像突如其來，被人打一巴掌一樣。

這世界帶我們到一面螢幕前，螢幕上放映著熱情的愛情劇，影像不停地閃動，藉此，世界告訴我們：「這就是愛。」但是，神卻帶我們到一樁木頭下，在這之上掛著一個赤身露體、全身血淋淋的男人，神對我們說：「這就叫做愛。」

神在為愛下定義時總是指著祂的兒子，祂道成了肉身，住在我們中間。為了讓我們稍微了解愛，神舉了一個例子，一個活生生、會呼吸、革命性的例子，告訴我們何謂真愛。基督對於「愛自己」這種毒素所提供的解藥是十字架，祂說：「若有人要跟從我，就當捨己，背起他的十字架來跟從我。」（太16：24）

基督的教導是，**愛不是為了滿足自己，而是為了他人的益處，也是為了神的榮耀**。真愛是不自私的，它會給予，會犧牲，向自己的需要是死的。耶穌說：「人為朋友捨命，人的愛心沒有比這個大的。」（約15：13）祂用行動證明祂的愛，為了全人類先獻上自己的生命。

基督同時也向我們顯明，**真愛不是以感覺來衡量或受到感覺主導的**。在祂肉體上所有的情緒和直覺都告訴祂要回頭時，祂上了十架。你是否讀過耶穌在客西馬尼園禱告的記載？祂很顯然並不**想要**忍受鞭打、被掛在十架上，捨棄自己的生命。但是祂把自己的感覺交給父神，甘願降服在父神的旨意之下。耶穌的感覺不是祂愛人的試劑，也不會主宰祂。

基督要我們擁有同樣的態度。祂並沒有說：「如果你愛我，你就會有一種溫暖無比、湧流不止的宗教情操」。相反的，祂告訴我們說：「你們若愛我，就必遵守我的命令。」（約14：15）真愛的表達，總是以順服神及服事人的形式呈現。擁有美好的感覺是很棒的，但卻不見得是必要的。

耶穌的例子也讓我們看見，**愛是我們可以掌控的**。**祂選擇愛我們**。**祂選擇為我們獻上生命**。相信「自己會不經意地墜入愛河」這種想法很危險，因為這表示你也可以不經意地游上岸。神對我們的愛沒有那麼難以捉摸，你難道不因此感到高興？神的愛是祂可以控制的，不是一時興起的，難道你不因此充滿感激嗎？我們必須丟棄一種錯誤的想法，那就是愛是一種奇怪的「力量」，會違反我們的意志，讓人團團轉，就像風中的樹葉一樣。我們不能明知理虧還義正辭嚴，說是因為「愛」迷住了我們，「迫使」我們做出不負責任的行為。這不叫做愛。相反的，這就是聖經帖撒羅尼迦前書4章5節所說的：「私慾的邪情」。真愛不是一種不顧後果或自私自利的行為，而是出於我們的選擇，我們藉著順服神及服事人來表達真愛。

眞愛使約會的價值不再

談完這些關於愛的真理之後，現在開始進入實際的應用。如果說約會有賴於我們對愛的態度，在我們換上基督的態度時，約會又會變成什麼樣子？肯定會大不相同！

如同我們所知的，神的真愛使約會的價值不再。你想一想，當你的約會態度受到世界的引導，認為愛就是為了滿足自己的益處時，那麼，你是把約會的決定奠基在自己的利益之上。在這一章的起頭，我講到我的朋友傑夫和葛蘿莉亞的故事，很不幸的，他們認同這世界對愛的定義。首先，他們的動機是自我中心的。傑夫之所以跟葛蘿莉亞一起出去，是因為她長得很漂亮，其他的男生都喜歡她，而且她可以帶給他性方面的滿足。他與葛蘿莉亞交往的準則跟他選一條牛仔褲的標準是一樣的——只要讓我覺得舒服、看起來體面就行了。而葛蘿莉亞也好不到哪裡去，她之所以喜歡傑夫是因為他算是個「獎盃」——長得很好看，擁有健美的身材，而且開的是一輛名車。他們滿足了彼此在感情和肉體上的需要，而且讓對方更稱頭。

但是假如他們願意捨棄世界所提供、自我中心的態度，那麼許多跟對方交往的「好理由」便會開始消失。假如傑夫和葛蘿莉亞問過自己：「我想跟對方談情說愛**真正**的理由為何？我在尋找什麼，是友誼所不能提供的？我是否只是自私地為了滿足自己而已？我對他（她）究竟傳遞了什麼訊息？我是否激起了對方某些感情，是我還尚未預備好去滿足他（她）的？如果我現在允許這段感情繼續發展的話，他（她）是否會受到傷害？這段關係是否會阻礙他（她）與神同行？」我們必須開始反問自己這類的問題。這一種專注於他人需要的態度是否複雜了些？或許是吧。是否更敬虔？那是絕對的。當取出「愛自己」的毒素之後，整個動機都轉變了。

當我們尋求以基督的愛去愛人時，會產生更多的改變。再以傑夫和葛蘿莉亞為例，他們全盤接收這世界的假設，認為愛是難以控制的，因此任由感覺來主導行動，被約翰壹書2章16節所說的「肉體的情慾」和「眼目的情慾」所奴役。他們經常用「墜入愛河」當作悖逆神的藉口，在肉體的關係上，只要不超過婚前的最後防線，他們都儘可能的予取予求，最終則連那一道防線都守不住。到了最後，他們欺騙父母、侵犯彼此的貞潔，而他們所做的一切卻都是以愛之名。感覺掌管了他們，最後當感覺止息時，這一段感情也就散了。

但是如果傑夫和葛蘿莉亞早知道，必須向神交代一切言行的話（不管兩人是不是「墜入愛河」），他們又會怎麼做？我想他們會叫感覺滾蛋，並且結束交往。

這也適用在你我身上。我們需要忘記自己具有罪性的直覺！直覺只會帶我們走向滅亡。我們不應該讓感覺來決定交往的風格和步調；相反的，我們需要讓智慧、耐心以及無私來引導我們。

愛要真誠

當我們尋求按照神的設計來愛人時，必須追求真誠。「愛人不可虛假」，羅馬書12章9節這簡短的命令絕對不會讓人誤解。神要祂的孩子活出的愛，是不容許欺騙和偽善存在的，這樣的愛必須是真誠且發自內心的。

很不幸的，今天許多男女之間的愛都不太真誠。在男女的交往關係中總是隱藏了某些計謀。你可以為我做些什麼？我可以從你身上得到什麼？

我永遠忘不了有一次聽到一群男孩對話的內容。女孩們，如果你正好不小心聽到這番話，一定會瞠目結舌。這些男孩談論著，約會時要怎麼做，才能讓一個女孩愛上他，他們不斷複誦著如何釣到馬子及得到親吻的詞句。有一個男孩子解釋了他欲擒故縱的技巧，他聲稱這個方法讓一個女孩不斷猜測、想盡辦法取悅他。另一個男孩告訴大家如何營造浪漫的氣氛，他會帶女孩子去逛傢俱店，當兩人經過各種傢俱時，他就會開始談論有關家庭的事，並且問女孩，如果有一天成家，會想用哪一種桌子或沙發。「女孩子聽了會心花怒放！」他解釋道，當女孩在約會的夜晚想著婚姻和未來的計畫時，會表現得比較浪漫和熱情。

講明一點，這簡直是學習操控的一次對話，整個出發點是完全虛假的，一點都不是出於真誠。這些男孩根本無意祝福女孩們，而只是想學會怎麼按下看不見的情感按鈕，得到自己想要的東西。

我相信許多女孩們也會承認，她們也有一套類似的小把戲。無論這類做法在我們的文化中是多麼的普遍或深植人心，最終我們都得面對神的審判，因為神講過這六個簡單的字：「愛人不可虛假。」

我們需要承擔起這項艱鉅的任務，做好基督之愛在人間的代表。耶穌說：「你們若有彼此相愛的心，眾人因此就認出你們是我的門徒了。」（約13：35）這樣一來，世人會知道我們不一樣，會藉著我們彼此相愛的方式看見一道曙光，乃發自屬神的拯救之愛。他人是否可以在我們的交往關係中看到基督真誠的愛呢？抑或是看到世人那種自我中心的愛，然後失望地走開？

多練習就會完美——否則就一定不完美

我們在男女交往中練習付出的愛，不只向世界展現了基督的愛，也可以預備自己的心，經營未來的交往關係。今天我們對待他人的模式，往往也會成為我們未來婚姻的模式。因此，我們不只必須練習給予真誠的愛，也要練習給予委身的愛。

在今天的社會當中，我們看到非常多離婚和婚外情的案例，屈指算一算，你有幾個朋友來自破碎的家庭？我相信這樣的趨勢只會越來越嚴重，因為下一代與上一代相比，已越來越早開始進行約會交往及建立短暫的愛情關係。我們所了解的那種約會，似乎無法真正準備我們的心進入婚姻；相反的，約會變成離婚的訓練所，因為在一連串的短暫戀愛關係中，是不可能向對方操練一生之久的委身。

但這是否表示，我們應該嫁娶第一個交往的對象？不是的，而是我們需要小心謹慎地考慮婚姻大事，當神向我們顯明需要結束交往的時候，也願意順服；單單為了已經跟某人產生了感情，就急著結婚，並不是明智的做法。然而，今日普遍錯誤的約會思想，卻跟選擇配偶扯不上關係；很多人被洗腦，認為我們可以、也應該為了戀愛而戀愛。換句話說，我們會這麼想：「我願意與你更親近，因為感覺很好，而不是因為我在禱告中尋求婚姻的可能性。」這種態度對另一個人並不公平，而且不是預備進入婚姻的良好態度，畢竟誰想嫁娶一個一旦失去浪漫感覺就要分手的對象？誰想跟這種一旦事情不順遂就鬧分手，然後再去找別人的人結婚？

我們必須了解，雖然許多人都渴望擁有維持一生一世的婚姻，但若要為這種承諾作準備或事先操練，是不可能藉由短暫的交往關係達成的。在我們能夠委身於經營一段維持一生的交往關係之前，所追求的短暫愛情都只會損人害己。沒錯，這是一個相當重大的委身。真愛要等待，這不只是指性行為；真愛會等待正確的時間、委身於神設計的愛，乃是一種不會動搖、不會被削弱、全然委身的愛。

遠離狹窄的心胸

委身的、真誠的、無私的、負責任的——這些都是用來形容神的愛的詞語。而它們都與世俗的愛相差了十萬八千里。

這一章的簡短檢視讓我們得到一個結論：我們不可能以神的愛來愛人，又同時以世人約會的方式來約會；神對愛的宏觀與約會所高舉的狹隘和自私是格格不入的。

或許這一章提出的一些看法會激起你的興趣，你心想：「我該如何回應？」我有一些點子可以提供給你。或許你覺得這些點子深具挑戰性，或許你並不同意。但我必須在此清楚陳明我的信念：如果約會鼓勵我們穿戴世俗愛情的樣式，那麼約會就不可以繼續存留；如果約會讓我們的愛陷入自私及受感覺左右的陷阱中，我們就必須「不再約會」。我們必須停止，不再試著妥協神的原則，順應社會的生活方式，而必須容許神的價值觀和態度來重新塑造我們的生活方式。

5

愛情時刻表

別讓急躁剝奪了單身的恩賜

在《美德書》（The Book of Virtues）一書中，威廉．巴奈特（William J. Bennett）講了一個「神奇絲線」的故事[1]。在這個法國的傳說中，主角彼得是一個強壯能幹的男孩，他有一個令人遺憾的缺點，那就是沒有耐心。而由於彼得總是對現狀感到不滿，所以他把一生都耗費在作白日夢這件事上。

有一天，當彼得在森林裡閒逛時，他遇見了一個奇特的老婦人，提供給他一個千載難逢的機會，可以選擇省略一生中所有單調乏味的時刻。她交給彼得一顆銀製的球，球上面延伸出一條細小的金線。她對彼得解釋道：「這是你的生命線，如果你不碰它，人生就會照常過下去，但是當你希望時間可以快點前進時，你只需稍微抽一下線，一個小時便會像一秒鐘般地前進。但是我得警告你，一旦線被抽開，就不能再繞回去了。」

這一條神奇的絲線似乎解答了彼得所有的問題，是他夢寐以求的。於是，他收下銀球，馬上跑回家去了。

隔一天，在學校裡，彼得首度使用銀球的機會來了。他覺得上課好像沒完沒了，老師還罵彼得不專心。彼得用手指繞住金線，然後稍微抽了一下。沒想到，老師突然叫大家下課，這下彼得可以放學了，他高興得不得了。現在他的生活是多麼好過呀！從這一刻起，彼得每天都會抽這條金線。

過了不久，彼得便開始用這條神奇的金線，來省略他大半的人生。如果他可以奮力一抽就完成學業，又何必浪費時間，每天只抽一點點呢？很快地他便畢了業，開始作學徒。彼得也使用同樣的伎倆，省略了追女友的時間，跟他的甜心訂了婚。訂婚後要再過幾個月，他才能娶她，但他等不及，於是使用了金線，加速婚期的到來。

在彼得的一生中，他繼續用這樣的方式過活。艱苦的日子到來時，他便用神奇的金線躲避難熬的日子，比方說，當小孩子半夜哭泣時、當他面對財務上的窘境時、當他希望自己的孩子開始創業時，彼得都仰賴金線，迴避那些不愉快的時刻。

但是，令人難過的是，到了他人生的終點時，他突然覺得這種人生很空虛。由於彼得允許自己的心受到急躁和不滿的掌控，他無法經驗生命中最多采多姿的時光，並且失去了那些時刻的回憶。如今，只剩下墳墓在他眼前，彼得為自己濫用金線而懊悔不已。

在介紹這個故事時，巴奈特先生卓具洞見地評論道：「人們常過於想**馬上**得到他們想要的（或者該說是他們自以為想要的，而這通常指的是不同形式的「快樂」)。所以他們才這麼地急躁。然而，諷刺的是，只有當人願意學習等候，並且願意接受苦樂摻半的人生時，通常才能獲得真正有價值的事物。」

不耐是否主導了我們的約會？

當接下來要檢視約會所提倡的態度時，我想我們可以從巴奈特先生的話語中獲得寶貴的智慧。當我們將他的話應用到本書的主題時，我們的討論主題便要從較縹緲的愛情轉移到較為具體的「時機選擇」了。**何時**追求浪漫之愛，是決定約會適不適合我們的主要因素；而只有當我們了解神對單身的旨意，並信靠神對交往關係所安排的時機時，我們才能決定追求浪漫之愛的適當時間。

就如我們已經知道的，約會通常充滿了急躁，而我們也可以直接把許多約會的問題歸咎於錯誤的時機。我們想要，而且是現在就要。雖然我們沒有神奇的金線讓我們可以匆促地過完一生，卻可能發展出錯誤的態度，造成類似的結果。而神要我們去欣賞人生中每一刻獨有的恩賜；祂要我們學習有耐心和信任祂，凡事等候祂完美的時機，包括我們的愛情生活。

接下來我們要檢視三個簡單的真理，可以幫助我們調整錯誤觀念，在正確的時機展開交往關係。

一、在錯誤的時機做一件正確的事，那件事就變成錯誤的事。

身為美國人，我們不太能接受這種「延遲滿足感」的概念。我們的文化教導我們，如果一件東西是很好的，我們就應該馬上享受。所以我們用微波爐來烹煮食物、用電子郵件來傳送信件、並且用快遞來交寄包裹。我們盡全力脫離時間的限制，加速行程、加快步調，用盡一切方法來追趕時間。你應該知道我的意思。上一回你必須排隊等候時，你有什麼反應？你是否很有耐心的等候，直到輪到你為止？或者你不斷用腳輕敲地面，巴望著趕快輪到你？

我們這種「現在把它全做好」的心態，大大地影響了今日人們開始約會的時間，現在的孩子初次進入約會關係，或甚至擁有性關係的年紀都越來越低。當年輕人還不到時候，就急忙參與成年人的活動時，長輩卻多半不加以糾正。畢竟，如果連成年人都是用這種「一次全都要」的心態度日時，他們又能說些什麼？

為什麼我們堅持用這樣的方式度日？就我的觀點而言，我們之所以採取馬上得到滿足的心態，是因為我們忘記了聖經中關乎人生四季的教導（請參看傳道書3：1-8。中文和合本譯為「有時」，譯者註。）春季與秋季的角色是不同的，同樣的，我們人生的四季也都強調了不同的重點，具有不同的焦點及美好之處。某一季並不會比另一季要好，每一季都出產其獨特的珍寶。我們不能偷跑，去體驗另一段生命季節的豐盛，正如農夫不能催促春天到來一樣。而每一季都是建立在前一季的基礎之上。

神想要賜給我們很多美好的經驗，但祂將這些經驗分散在不同的、特定的人生季節。由於人性的軟弱，我們經常犯一個錯誤，那就是把屬於某個季節的好東西拿到別的季節去享用，只因為我們想要這麼做；婚前性行為就是這個錯誤的最佳例證。性愛本身是個美好的經驗（這是我那些已婚朋友講的），但是我們如果不按照神的計畫，反倒選擇沉溺其中，就犯了罪。這就像摘取未熟的水果或一朵含苞待放的花朵一樣，我們想要催促神的舉動，卻會破壞祂對我們人生美好的計畫。

只因為一件事物很美好，並不表示我們應該馬上去追求它。我們必須記得，在錯誤的時機做正確的事，那件事便成了錯誤的事。

二、你毋須購買負擔不起的東西。

講到選擇約會的時機，就跟你沒有錢卻想買一件衣服，是同樣的道理。就算你找到一件「非常合身」的衣服，你又能怎麼樣？

在第三章中，第三種「全新的態度」講到了等候「神的時機」的重要性。它如此說到：「親密感是委身後所得到的獎賞，在我尚未準備好結婚之前，我不需要追求一段戀愛關係。」

我們可以換一個方式，用比喻來重述這句話：「親密感需要委身來『付款』。」如果我還不能付出又冷又硬的「委身現金」，就沒有「物色」未來伴侶的權利。

在兩個人準備好擔負委身的責任之前，他們應該以友誼為滿足，並耐心等候浪漫之愛和親密感的到來。操練這種耐心不會妨礙他們的關係；在友誼之中，他們可以操練與人和睦相處、關懷他人，以及與他人分享生命的技巧，同時可以觀察他人的品格，漸漸明瞭自己希望未來配偶所具有的品格。儘管我們可以從約會的關係中習得有價值的功課，但我們需要謹慎，確保這樣的關係不會讓我們停滯不前。浪費太多時間測試你的男女朋友，事實上可能使兩人分心，使他們不能參與更重要的工作，也就是預備自己成為更好的配偶。

神對你的人生有一個完美的計畫，很可能包括婚姻在內，而如果是這樣，在世界上某個角落，神已為你預備了一個絕佳人選。現在你可能認識他（她），也可能不認識。如果你耗費所有的時間和精力，對某個人窮追不捨，或者試圖牽制他（她），直到你可以結婚為止（若是你已經找到了這個絕佳人選），無論如何，你都可能害了那個人。因為你將來可能會嫁娶的那個女孩或男孩，並不需要一個男朋友或者女朋友（雖然他或她現在可能很希望有）；對方真正需要的是一個夠成熟的人，可以在婚前預備自己成為敬虔的妻子或丈夫。

我們就幫未來的伴侶一個忙吧！在時機未成熟前趕快停止「物色未來的伴侶」。

三、任何一段單身時期都是神的恩賜。

我們多數人都不會一輩子單身，因此我認為應該視單身時光為一個生命的季節，視之為神的恩賜。在哥林多前書7章32節中，神列出一項大綱，講到看待單身的合宜態度。「信息」版聖經是這麼翻譯的：

> **我希望你們的生活越不複雜越好。在未婚的時候，是自由的，你可以單單專注在取悅主的事情上。婚姻會把你捲入家居生活的瑣事裡去，此外，你還得取悅配偶，這麼一來，你的注意力一定會分散。已婚人士需花費時間和精力，照顧和培育配偶，未婚者則可以將它用來幫助自己，成為神手中完全和聖潔的工具。**

保羅說這番話沒有貶低婚姻的意思，而是要鼓勵我們，視單身為一種恩賜。神無意用單身來懲罰我們；祂創造了這個季節，是無與倫比的機會，讓我們得以成長和服事他人。我們不該視之為理所當然，也不該讓這段時光輕易溜走。

有一個人說得很正確：「不要為單身想辦法，要好好利用單身時光！」請你暫停一分鐘，評估一下，你是否正按照神的心願，使用神所賜與的單身恩賜？反問自己以下的問題：「我是否專注在『單單取悅主』這件事上？我是否使用這個生命的季節，以便成為神手中『完全和聖潔的』工具？或者我仍然透過約會，四處尋覓一段戀愛關係？我是否可能丟棄了單身的恩賜？我是否使自己飽受約會帶來的憂慮，因為投入約會的複雜事務，使自己的生活更加忙亂？」

單身時，約會不只讓我們無法為婚姻作準備，也很可能會使我們無法善用單身的恩賜，因為它把我們綁在一連串虛幻的交往關係中，使我們動彈不得。然而神希望我們以最大程度的自由和彈性來事奉祂，無論你今年是十六歲或者二十六歲，任何一段單身的季節都是一種恩賜。可惜，當你習慣於投入短暫約會關係時，很有可能浪費了單身的潛力，幫了神一個倒忙。

你眞的信靠祂嗎？

雖然我只是輕描淡寫，但當我們將以上三項真理應用在生活上時，卻可以帶來生活方式上根本的改變。這樣的作法要求我們要等待。是的，神只要求我們等待。雖然你可能覺得這個主意不怎麼創新，也不怎麼令人刮目相看，但它表現出順服的態度，而順服會令神對我們刮目相看。

等候「神的時機」需要信靠神的良善。當我們相信神不讓我們現在得到某些好東西，是因為祂將來預備了更好的東西時，便培養了耐心。

我要公開地承認，我很難信靠神。一講到愛情生活，我就有一種揮之不去的恐懼感，深怕神要我單身一輩子；也擔心即使祂讓我結了婚，會故意讓我跟一個我不喜歡的女孩結婚。

我知道這些恐懼都很傻。在我一帆風順的時候，我承認這樣的恐懼跟我所認識的天父屬性沒有因果關係，祂是個慈愛的天父，非常關心我。雖然我知道祂是個良善的神，卻經常容許自己的小信影響約會的方式。

我很怕神會忘記我，所以沒有信靠祂所安排的最佳時機，相反的，我經常想要照自己的意思做。我把人生的日曆從神的手中搶回來，然後瘋狂地用鉛筆在上面寫下自己的計畫和日程，我對神說：「神啊，我知道你是全能的，可是我覺得你真的搞不大清楚狀況喔，竟然不知道這個女孩是我的理想伴侶。如果我現在不去追她，未來就要與我失之交臂了！」但最後我還是難為情地把安排時間、精力和注意力的工作交還給神，並對祂說：「主，我當然信靠你囉，但我只是想幫你一點忙啊。」

約會跟綿綿糖

《時代》雜誌刊載了一篇文章，在我的腦海中留下了無法抹滅的印象：有一個小孩獨自坐在房間裡，瞪著一顆綿綿糖看。這奇特的圖片捕捉了有時候我會浮現的感覺，就是當我天人交戰，不知是否該信靠神處理未來的婚姻時。

那篇文章的主題跟約會一點也扯不上關係，它是提到針對小孩作的一個研究。前幾段是這樣寫的：

> 科學家從一個四歲小孩跟綿綿糖互動的情況中可以看出他們的未來。研究人員邀請小孩子一個個地進到一間很普通的房間，開始這場溫和的折磨。他對孩子說：「你可以馬上吃這顆綿綿糖，可是如果你等到我辦好事情回來再吃，你就可以吃兩顆。」然後他就離開了。
>
> 有一些孩子，在他一離開房間時，就一口把糖果吞了下去。另一些孩子會撐一下子，然後才把糖吃掉。其餘的孩子則會下定決心等待，他們把眼睛遮起來，把頭低下來，唱歌給自己聽，試著玩一些遊戲，不然就是睡得不省人事。而當研究員回來的時候，他就會給這些孩子得來不易的綿綿糖。接著，科學家就等著看他們長大後的樣子。

> 在他們中學的時候，發生了令人相當吃驚的事。根據科學家調查孩子家長和老師的結果顯示，那些四歲時能夠堅忍不拔地等候兩顆綿綿糖的孩子，一般說來，青少年時期的適應力較好、較受歡迎、較具冒險心、較有自信，也是比較值得信賴的。而那些很早就屈服於試探的孩子，則比較獨來獨往、容易受到挫折，而且比較頑固；他們會在壓力之下屈服，遇到挑戰時則會退縮。[2]

當然，這個故事的寓意就是，在小事上發展延遲滿足感的品格，能讓一個人在其他的事上獲致重大的成功。但是那群被拿來研究的四歲孩子並不知道這件事。他們拒絕綿綿糖，不是為了讓高中成績更加優異；他們之所以克服心中想吃糖的渴望，是因為他們有信心，可以想像得到當那個穿著白色外套的叔叔回來時，拿著**兩顆**綿綿糖的畫面；他們堅忍不拔是因為信任他人。

這個故事給我很大的鼓勵。有時候當我等候神告訴我何時談戀愛時，我的心也有類似那群孩子般的掙扎。正如綿綿糖聲聲呼喚孩子：「來吃鬆軟香甜的我」，約會也呼喚著我的名字；而且我要跟你說，它看起來真的**很棒**。

我為什麼不抓住約會的機會？為什麼你不應該這麼做？因為神已經應許要給我們更好的東西。祂**現在**就給了我們更好的東西，只要我們好好利用單身時期這絕無僅有的機會，**過不多久**，在我們進入婚姻之後，祂會賜給我們更美好的東西，但是我們必須有信心就像那群孩子，獨自一人面對著可以馬上滿足自己的東西，我們也尚未看到延遲滿足感所能得到的獎賞。

重要的問題是：你信靠神嗎？不要只是給我一個不經思考、主日學教你的答案。你是否**真的**信靠祂？你會以信靠祂的心態去度過你的人生嗎？你是否真的相信，因為**時機不對**而先不享受當下可以享受的一些好東西時，等到**時機對了**，神會給你更好的東西？

吉姆和伊莉沙白．艾略特在他們戀愛時也面臨了這個難題。他們深愛對方，但是卻始終把神的旨意擺在自己的慾望之前。在《郵遞真愛》一書中，伊莉沙白這麼說：

> 神要我們信靠祂，把計畫交託給祂。神的最終計畫是遠遠超乎我們所能想像的，就像橡樹是遠遠超乎橡實所能想像的一樣。橡實照造物主的計畫行事，它沒有一直向造物主問東問西。而我們這些蒙神賜智慧、才智、意志及一切渴望的人，神也要求我們信靠祂，當祂對我們說：「凡為我喪掉生命的，必得著生命」時，就是給我們信靠祂的機會了。
>
> 我們會問：何時才找著它呢？答案是：「信靠我。」
>
> 「我們如何找著它呢？」答案還是：「信靠我。」
>
> 我們一再地問：「為什麼我非得喪掉生命呢？
>
> 答案是：「看一看橡實，信靠我吧！」[3]

神最清楚

許多人明白得太遲，最後才知道滿足不是一個境界，而比較像是一種心境。保羅在提摩太前書6章6節告訴我們說：「敬虔加上知足的心便是大利了。」在腓立比書4章1節中他寫道：「我無論在什麼景況都可以知足，這是我已經學會了。」到底保羅有什麼秘訣？

保羅跟我們這樣分享：「我靠著那加給我力量的，凡事都能作。」（腓4：13）保羅信靠神可以給他力量，忍受各種環境。同樣的，當我們在任何情況下都信靠神的力量和恩典來支持我們時，我們就能得到滿足。不論你是單身或是已婚，不論是否有人愛你或者孤單一人，要得到滿足的關鍵就是信靠。信不信由你，如果我們對單身感到不滿足，在我們結了婚之後，也很可能會有不滿足的問題。當我們以未來的某一個時刻來定義我們的快樂時，那個時刻就永遠不會到來，因為我們會一直等待明天。如果我們容許自己急躁，就會失去當下所擁有的恩賜。等到我們到了期待已久的那個時刻，我們才發現自己還是不滿足。

有一個女士寫了一封信給我。一般人經常以為單身女子只是在消磨時間，直到遇見理想伴侶為止，為此她深感挫折。「可憐的單身女子！這世界要她去苟合行淫，而教會卻逼她結婚！保羅所說的身為單身者的祝福，到底跑哪去了呢？基督教救世軍的創始人威廉·柏斯（Willam Booth）曾經寫道：『千萬不要容許自己或任何人，向你的女兒們灌輸一種錯誤的觀念，那就是婚姻是人生主要的終極目的。如果你容許這種事發生的話，當她們跟所遇見的第一個腦袋空空、毫無用處的傻瓜訂婚時，你就不應該感到驚訝。』女人（與男人）都應該在很清楚明白結婚是神的旨意時才結婚，而不是因為他們單身就不能『牧養』他人，或者是屈服於社會壓力。」對於她信中的評論，我只能加上一句「阿們！」

作家約翰·費許（John Fischer）在還是個年輕單身漢時曾說過：「神呼召我為這個時刻而活，不是為了四年之後。祂想要我發揮目前身為一個男子所擁有的潛力，能為此感恩，並且盡情享受它。我覺得一個總是想要結婚的單身者，當他真的結婚之後，很可能會在明白了婚姻的一切之後，希望自己可以重回單身。他會反問自己：『為什麼我不趁自己還不需要盡那麼多額外的義務時，好好利用那一段時間服事主呢？當時我為什麼不把自己完全獻給祂呢？』[4]」

不要任由急躁愚蠢地闖入婚姻，免得將來有一天悔恨地回顧單身這個季節。讓我們一起來委身於將單身時期的潛力發揮得淋漓盡致！單身是一個恩賜，我們能以單身為樂，今天就享受它賦予的機會。我們一起來操練信靠神，透過全心尋求祂的國和祂的義，把人生的計劃交給祂。

我們在今生無法完全瞭解祂的作為；但知道到了最後，祂純全的時間安排將得以顯現。在〈那時〉這首詩中，梅・雷利・史密斯（May Riley Smith）美妙地表達了天堂的觀點，是有一天我們會擁有的：

那時 當一生的功課都學完了
太陽與星辰永遠不再昇起
我們軟弱的判斷力所輕蔑的事物
那些讓我們感到哀傷 濕潤了雙眼的事物
在人生的暗夜中會閃現在我們眼前
那時星辰閃耀著深藍
我們將得見神計畫之無誤
那些譴責之語原是真愛的表達
可憐的心 你要滿足
神的計畫 就像潔白的百合綻放
我們不需將緊閉的葉片扳開
時間會讓金黃的花杯向外伸展
經過耐心與辛勤的跋涉 我們終於抵達那地
那疲憊的雙腳 終於卸下履鞋 得以安息
那時我們將清楚地看見並明白
我想我們將說道：「神最清楚這一切！」[5]

你相信神最清楚這一切嗎？那麼你就把人生的計畫擺在

祂腳前，容許祂來掌管你愛情的時刻表。信靠祂，甚至不約會，即使當其他人都認為你該約會時。當神知道你已經準備好承擔委身的重責大任時，祂會在正確的時間向你顯明那個正確的人。

事實上，神曾這麼說：「我知道我向你們所懷的意念，是賜平安的意念，不是降災禍的意念，要叫你們末後有指望。」(耶29：11-13) 讓我們今天就為祂的國而活，把明天交託在祂的眷祐中；我們的未來沒有比這更好的安排了。我們只需要信靠祂。

6

貞潔的方向

踏上公義之路

高中時，有一次我參加教會舉辦的週末退修會，主題是貞潔的性關係。其中一堂課上，牧師想了解這群孩子的肉體關係曾進行到什麼地步，於是要求所有學生不具名填寫一張調查表。他畫了一個粗略的量表，以數字顯示不同程度的親密關係，數字一表示輕吻，以此類推，數字十表示性交。牧師叫我們寫下每個人成功達到的數字。

在我把調查表丟進籃中後，馬上跟朋友一塊兒溜出了教室。我們三個接下來的談話令人難忘。有一個男孩從我旁邊看著另一個朋友，對他眨著眼說：「老弟，你的分數有多高啊？」

我的另一個朋友則笑著回答說，他得過八分，幾乎快到九。接著他們倆繼續嘻笑著，把他們跟團契中哪些女孩達到哪個數字的事全盤托出。

調戲黑暗

我這兩個朋友的行為顯示出，這個時代人們對貞潔的瞭解，是如何地混淆不清。我們太不尊重貞潔，以致於渴求擁有它時又為時已晚。即便我們堅持它的重要性，但話語的效力卻被矛盾的行徑給抵銷了。

在交往關係中，我們是否渴望貞潔？是的。但我們是否活出了提倡貞潔的生活呢？很不幸的，我們所做的通常並不夠。奧古斯丁曾如此禱告：「求主使我貞潔，但不是現在。」我們跟他一樣，經常有著被刺痛的良心，卻又保持一成不變的生活。如果我們誠實地看待自己，許多人都會承認，我們對貞潔並不是真的有興趣。相反的，我們很滿足於符合最低的要求，生活在「灰色地帶」、招惹黑暗勢力，卻從不敢踏入公義的光中。

我那兩個朋友，就像無數的基督徒一樣，他們愚蠢地以為，貞潔與不貞之間有一條明顯的分界線。只要他們沒有越過界線，沒有真正**踏上本壘**，就以為自己還是貞潔的。然而，真實的貞潔，是一種方向，是持久不懈、下定決心地追求公義。這個方向從心開始出發，我們要逃避妥協的機會，用這種生活方式去表達這種新的方向。

一次一小步

如果我們真想追求貞潔的生活，就不能容許自己從追求公義的路上改道行駛，就算一秒鐘也不行。發生在大衛王身上的一個故事告訴我們，這種改道行駛是多麼危險的事。在聖經中，很少有故事像大衛跟拔示巴的犯罪那麼令我感到恐怖——如果連大衛這樣公義的人，都可以犯下姦淫和謀殺，這世上又有誰可以宣稱自己對試探是免疫的呢？

大衛與神相交的親密是鮮少人能及的。他在還是個牧羊童時，乃至成為神子民的君王時寫了無數的詩篇；直到今日，這些讚美與祈求的詩篇還繼續鼓勵並啟發著基督徒。大衛崇拜他的創造主，敬拜祂、信靠祂，且樂意與祂同在。神親自稱呼大衛是「合我心意的人」。（徒13：22）

而這樣一個優秀的人，怎會陷在罪惡與不潔中如此之深？

這都是一次一小步所造成的。

大衛深陷罪惡之中，但這件事不是一瞬間就發生的。就像每一段通往罪惡的旅程一樣，大衛犯罪的旅程開始於一次**遠離**神的行動，而這行動卻教人幾乎察覺不出來。

在我們察覺大衛偏往罪惡的方向時，他正站在宮殿的屋頂上；但在這錯誤的一步之前，他已先作了一個決定。那時是嶄新一年的春天，依照往例，國王要帶領軍隊上戰場。但是這一年，大衛非但沒有帶兵出征；相反的，他決定留在家裡。這樣的決定微不足道且無可非議，但事實上，大衛卻不在他**應該**在的地方——他應該身在前線為神爭戰才對。

難道這是罪嗎？這不是很明顯的罪，但卻是遠離了神計畫的一小步。

你可能聽人家說過，遊手好閒最容易給魔鬼機會作祟，這正是大衛的寫照。他原先應該運用在戰場上的精力，如今需要另外的出口。因為感到不安，所以他在屋頂上來回踱步，就在那裏他看到一個女子沐浴，而他非但沒有轉移視線，還放縱自己的情慾，繼續看著她。

這是另一步。

為什麼他一直瞪著看？他以前也看過女人的胴體，因為他有數不清的嬪妃，但他卻貪戀眼前這一位。罪惡的意念進入了他的思想，大衛開始貪戀那不屬於他的東西。他非但不拒絕這個下流的念頭，還放縱自己，容許它停留在腦海裏。

如果你跟其他人一樣，你一定曾面對過這樣的時刻。你推敲著屈服於試探的好處與壞處，得在兩者之中作出決定：是否要持守神已清楚設下的界線？

在大衛的故事中，此時，他大可以馬上停止這段步向罪惡的旅程，但他沒有這麼做。走向下坡的路上，他猶疑不定的腳步越走越快，轉成了小跑步。他容許情慾控制他，終於順從了邪惡的幻想並採取行動，差人去帶拔示巴過來，並且與她同床。

從前純真的牧羊童如今變成了淫蟲。

這件事還產生了併發症，那就是拔示巴懷了身孕。由於她的丈夫是大衛手下一名忠心的士兵，已經離家作戰好一陣子，所以孩子的父親不可能是他。因此拔示巴的丈夫，或甚至整個國家，遲早都會發現她和大衛暗通款曲。在一陣緊張忙亂之下，大衛設法掩蓋他的罪行，但他沒有成功。因為害怕醜聞曝光，最後大衛在一封秘密信函上簽了名，下令將拔示巴的丈夫置於死地。

過去偉大的詩人如今變成了殺人犯。

大衛這個合神心意的人，怎麼會成了淫蟲和殺人犯？他是在何時跨越貞潔的界限？是在他碰到拔示巴的身體時？還是當他親吻她的時候？抑或是當他看到她沐浴，決定目不轉睛看著她的時候呢？貞潔究竟終止於何處，而不潔又始於何處？

正如你在大衛的故事中所見的，不潔這件事不是一種瞬間進入的狀態。當我們不再聚焦在神身上時，不潔就發生了。在約會的關係中，你與女（男）友在車子後座打得火熱之前，不潔早就蠢蠢欲動了。不潔的行為是從心裡開始的，它潛伏在我們的動機與態度中。「只是我告訴你們，凡看見婦女就動淫念的，這人心裡已經與她犯姦淫了。」（太5：28）

耶穌如此清楚地道出，罪惡出於我們的心思意念。

我們必須用**追求公義**而不是界限的觀念來理解貞潔。當我們只將它視為一條界限時，又有什麼事物可以不讓我們遊走邊緣呢？如果性行為是那條界限，那麼牽一個人的手跟與他耳鬢廝磨的不同點又在哪裡？如果親吻是貞潔與不貞潔的劃分線，互道晚安的啄吻與為時十五分鐘的熱吻又有什麼不同？

如果我們真想追求貞潔，就必須朝著神的方向前進。我們不可能時時試圖跨越貞潔的界限，卻又同時追求公義，因為這兩者的方向完全不同；真正的貞潔是遠離罪惡與妥協的。

心和道路

如果我們想過貞潔的生活，那麼就必須明白，貞潔不是靠運氣得來的。相反的，我們必須不斷地朝著貞潔的方向邁進。聖經箴言書告訴我們，這個不斷追求貞潔的過程包括運用兩個器官，那就是我們的心和腳。

箴言書用走上歧途的淫婦，來象徵引誘人不貞及妥協的靈。它警告我們：「被她傷害仆倒的不少；被她殺戮的而且甚多。」（箴7：26）雖然這些話語是所羅門王在好幾百年前寫的，今日這個「淫婦」仍持續不斷在我們身旁埋伏。她承諾給予享樂，讓無辜人掉入陷阱，然而她真正想要的是毀滅被她抓到的人。她用背信忘義毀了無數的生命，不分男女。

在古今中外的歷史上，她使許多義人跌倒。聖經嚴肅地提出警告：「她的家是在陰間之路，下到死亡之宮。」（箴7：27）不論受害者本性有多好，或者從前是多麼聖潔，只要他們踏進她的家，便駛上了通往死亡的高速公路，而這條路是沒有出口的。你是否有過這種經驗？你轉錯彎上錯了高速公路，然後才發現，你得開好幾英哩才有出口彎回原路。如果你有過這種經驗，可能就知道那種一失足成千古恨的感覺。你無法放慢速度，也不能轉彎，只能繼續加速地背離你的目標。有多少基督徒在約會關係中，加速發展肉體的親密關係時，曾擁有同樣的感覺？他們想找出口，但自身的罪性和情慾，卻讓他們離神的旨意越來越遠。

你要如何避免不潔在你面前張牙舞爪？你要如何躲避淫亂的靈？以下就是這個問題的答案：「你的心不可偏向淫婦的道，不要入她的迷途。」（箴7：25）要在神面前過貞潔的生活，有賴於你的心與腳兩者合作無間。朝貞潔的方向前進要從內心開始。你每天實際的決定，例如去哪裡、什麼時候去、跟誰交往等，都必須支持你的信念。有許多男女委身於貞潔的性關係，但並沒有採取支持這個委身的生活方式；相反的，他們繼續維持鼓勵人用肉體表達愛的約會關係，而將自己置於危險的環境中。請記得，你的腳所走的路不該跟你心中的信念有所矛盾。

行動上的貞潔

如果我們渴望貞潔，就必須挺身為之奮戰。意思就是我們要調整態度，改變我們的生活方式。以下幾個指標，可以幫助我們的心態和腳步，持續朝貞潔的方向前進：

1、尊重肉體親密關係的深層意義。

除非我們開始懂得欣賞肉體親密關係所擁有的深層屬靈及情感意涵，否則永遠不會明白神對貞潔性關係的命令。

許多非基督徒，只把性當作是一種身體的功能，認為性跟抓背是同樣層次的功能。只要喜歡，他們隨時隨地都可以跟任何人上床。另有許多基督徒用同樣不尊重的態度，來看待尺度較為保守的肉體親密舉動，即使這類生活方式有辱聖經的價值觀。他們覺得親吻、牽手或愛撫沒有什麼大不了。我們或許比不信主的鄰舍在這方面的標準要高一些，但我怕的是，連基督徒都忘了性愛關係的深層意義。

一個熟識的女性朋友有一次這麼對我說：「男人傾向於把肉體關係當作一種經驗」，但女性的觀點則大為不同：「『親吻』和『上床』對女人而言代表著很珍貴、很深層的東西；那表示我們把信任、愛、和心交給了所愛的那個男人。而付出這些，讓我們感到脆弱不堪。[1]」

肉體的親密不只是兩人的身體交融。在神的設計中，在身體方面表達婚姻中的合一就是透過「性」。神小心翼翼地護衛著它，為它制定了許多規條，因為祂認為這是極為寶貴的。在婚姻中，一對互許終身的男女才有**權利**以性愛來表達自我；丈夫與妻子可以享受對方的身體，因為在本質上他們屬於彼此。但如果你還沒有跟某人結婚，就沒有權利擁有對方的身子，沒有享受性愛關係的權利。

或許你同意這個說法，也計畫要禁絕婚前性行為。但在你眼中，你認為「耳鬢廝磨」的行為，例如親吻、留下吻痕或愛撫等並沒有什麼大不了。可是我們需要反問自己一個嚴肅的問題：如果另一個人的身體並不屬於我們（意即我們尚未結婚），我們豈不是應該對待約會的對象，就像已婚者對待不是配偶的人一樣？

你可能會這麼說：「但這是兩碼子事。」這話對嗎？我們的文化灌輸給我們一種觀念，那就是，單身就像是一張執照，給我們權利到處亂來，在感情上和性關係上去試用別人；既然我們還沒有嫁娶任何人，那麼基本上便可以隨心所欲地去對待任何人。

神的看法卻截然不同。祂命令道：「要尊重婚姻，保守丈夫與妻子之間的性關係，並視之為神聖不可侵犯。」（來13：4，「信息」譯本）

而尊重丈夫和妻子間性關係的神聖性，要從**現在**開始，不是從婚禮過後才開始的。尊重婚姻制度這件事應該激勵我們，從我們單身時，就願意保護婚姻，使其不受侵犯，做法是認同性愛關係（無論到什麼程度）有其深層的意義，並拒絕在婚前竊取這些特權。

2、把標準訂高一點

在葛理翰牧師早期巡迴佈道時，大眾並不信任佈道家，他對當此感到相當憂心，畢竟他怎麼能傳福音給一群打從心底覺得他表裡不一的人呢？他思考這個問題時，他了解到，多數人不信任佈道家，是因為他們遇見的佈道家缺乏正直的品格，特別是在性關係方面。為了抵擋試探，他和佈道團的核心同工，定意避免跟自己妻子以外的女性獨處[2]。

你想一想，這是多麼不方便的一件事！這些男士難道真的害怕，自己在與女性獨處時會犯姦淫嗎？他們是不是太誇張了點？

就讓歷史來回答這個問題吧。過去五十年內，還有什麼事比基督徒領袖的性醜聞，更能震動並敗壞教會？當人們提及多位電視佈道家的醜聞時，又有哪個基督徒可以昂首闊步？但是現在連非基督徒都尊崇葛理翰呢！因著他的忠心和正直，葛理翰贏得了全世界的尊敬。在那麼多人都失敗的同時，葛理翰是如何做到的？他訂了一個超高的標準——遠遠地超越了神呼召我們作義人的標準。

要追求公義只能透過兩個方法，一是在犯罪的初期便斬草除根，另外就是要遠離試探。葛理翰牧師兩件事都做到了；他不留任何犯罪的機會，同時遠離任何可能妥協的環境。

在婚前的交往關係中，神呼召我們，對公義要有同樣的熱忱。這到底是什麼意思？對我和許多我認識的人來說，這意思就是拒絕典型的約會模式。相對的，我選擇跟一群朋友一起出去，避免一對一的約會，因為它鼓勵人擁有肉體親密關係，而且將我與一個女孩置於與外界隔絕的環境中。難道我應付不來嗎？難道我沒有辦法自制嗎？或許我可以應付那種情況，但這不是我的重點。神說：「你要逃避少年的私慾，同那清心禱告主的人追求公義、信德、仁愛、和平。」（提後2：22）因此，我不留在試探的環境中，看看自己究竟可以撐多久。我抵抗罪惡的能力並不會讓神印象深刻；當我遠離罪惡，展現我的順服時，祂才會對我另眼相看。

對於即將訂婚或是已經訂婚的人而言，這個原則也同樣適用。你得把標準訂得更高一些，務求斬草除根。除非結了婚，也就是說你已經走過紅毯、交換過誓言，否則在此之前，不可誤以為身子已經屬於對方了。

或許你認為我把事情講得太嚴重了，而會說：「你一定是在開玩笑吧！一個小小的吻哪會讓我突然犯罪啊！」我鼓勵你再深思一下。試想看看，其實在婚姻之外的親暱動作，就算是最純潔無瑕的那一種，都可能很危險啊！

容我解釋我為何如此相信。肉體上的互動鼓勵人發動一段本不該結束的連鎖反應。它喚醒我們的慾望，卻不許我們得著全然的滿足；它啟動了我們的激情，我們卻必須加以熄滅。這是多麼愚蠢的事啊！聖經曾提到，罪惡的道路，就像是通往死亡的高速公路，特別指的是誤用「性」的情況。我們不應該先上了路，然後在未抵達終點時就想半路停車；神所要的是我們繞道而行，根本不上這條高速公路。

在神的設計中，人類的性應該受到婚約的保護。神創造了性，是要性達到水乳交融，然後才終止。在純全的性這條道路上（從丈夫與妻子第一次的眼神交會一直到兩人的親吻），每一步都有走向肉體合一的潛能。在婚姻中，兩人的性關係是向上進展的，它是允許「失去控制」的。

我確實相信，在婚前，我們不可能不濫用「性」這個神所恩賜的禮物，除非我們乾脆選擇不走這條罪惡的道路。在歌羅西書3章5節中我們看到：「要治死你們在地上的肢體，就如淫亂、污穢、邪情、惡慾……。」容忍罪惡就是縱容罪惡，這樣做只會讓罪惡暗地裡壯大。雅各告訴我們：「但各人被試探，乃是被自己的私慾牽引誘惑的。私慾既懷了胎，就生出罪來；罪既長成，就生出死來。」（雅1：14-15）一旦我們開始犯罪的過程，允許它持續下去，它很快就會壯大到超過我們所能控制的地步。唯有透過設立高標準，在犯罪的初期便將之消滅殆盡，我們才能避免遭致毀滅。

把你的標準訂高一點，你不會因持守貞潔而感到後悔的。

3、以他人的貞潔為第一考量

持守貞潔最好的方式之一，就是格外關切他人的貞潔。你要怎麼做，才能保護主內的弟兄姊妹，免於淫亂？你要說些什麼，才能鼓勵他們心繫公義？

你可以給予同性朋友的支持及保護是很要緊的，但你能給異性朋友的保護更是千金難買。當我們談到交往關係中的貞潔時（無論是肉體或感情上的），男孩與女孩通常會絆倒對方。你能想像當兩性開始擔負責任，關照彼此時，所能生發的公義嗎？

我們一起來看，要達成這個目標有哪些方法。

男孩的責任

男孩們，該是我們挺身捍衛姊妹們的尊貴和正直之時了。我們需要停止像「獵人」一樣，千方百計想獵取女孩們；而應該開始視自己為戰士，去護衛她們。

我們要怎麼做呢？首先我們必須明白，女孩們面對的掙扎和試探，跟我們的不同。我們的掙扎跟性慾較有關，而女孩們的掙扎則是在感情上。我們可以透過真誠的溝通幫助她們護衛心房，並且需要發誓不再那麼輕浮，拒絕玩遊戲，不再玩弄她們的感情。我們必須洗心革面，確保自己的話語和行動，沒有一絲一毫會激起對方不合宜的感覺或期望。

我的一個好友麥特・坎利斯（Matt Canlis），在他與茱莉・克里夫頓（Julie Clifton）的交往中，他示範了如何護衛女孩子的貞潔。茱莉後來與他結了婚，在他們尚未開始尋求婚姻之前很長一段時間，便已深受對方吸引。但在某一段期間內，神很清楚讓茱莉知道，她必須專注在神身上，不要因麥特而轉移注意力。

雖然麥特當時並不知道這件事，卻在這段等候的時間中，將護衛茱莉的心視為自己的優先要務，即便他深受她的吸引。麥特控制住自己想跟茱莉打情罵俏的慾望，刻意放棄跟她獨處的機會，而當他們身處某個團體時，他也會抑制自己，不專挑她說話，或將注意力過度集中在她身上。總之，他避免去做讓茱莉難以專注於服事的事。

這段時間維持得並不久，到最後茱莉和麥特也訂了婚。在他們婚禮的前幾個禮拜，我跟他們一起吃午餐。茱莉向我解釋，她是多麼感激麥特，因他夠成熟，將她的需要擺在自己的需要之上。當麥特將女方在情感上和靈命上的貞潔視為優先考量時，麥特便幫助了茱莉將心思意念集中在神身上。如果麥特的行為舉止很自私的話，他便可能誤導茱莉，破壞了神想在她生命中以及透過她生命所成就的事。

這個弟兄之愛的典範是多麼美好啊！當我想到自己多少次輕忽了責任，疏於護衛女孩的心時，我真的很想哭。我並沒有扮演好戰士的角色，反倒像是個賊，偷竊了她們對神的專注。我決心要做得更好一些，讓女孩們未來的先生有一天會這麼對我說：「謝謝你護衛了我太太的心，謝謝你護衛了她的貞潔。」

女孩的責任

女孩們，你們的角色也同樣的重要。你還記得我們早先討論過的淫婦嗎？你的職責就是讓你的弟兄不被淫婦媚惑、離開正路。請你格外留意，你的一顰一笑是多麼地容易激動男孩的慾望。

你可能不知道，但男孩共有的掙扎，就是控制不住自己的眼目。我想有許多女孩很單純，她們絲毫不知，一個男孩看到穿著暴露的女孩時，是多麼難以保持他的貞潔。我不是要管你買什麼樣的衣服，但誠實地說，如果女孩們買衣服時考慮的不只是流行，那就太好了。是的，男孩子有責任自我控制，但你也可以拒絕穿戴吸引男生注意身材的服飾，藉此幫助他們。

我知道世界告訴你，如果你身材很好，就該好好展現一下；而男士們更是助長了這種想法。但我認為你可以有份於扭轉這股潮流。我認識很多姊妹如果穿上更短的裙子或者更緊身的上衣，會格外好看，她們自己也很清楚。但她們卻願意承擔護衛弟兄眼目的責任，選擇不過份暴露。我對這樣的女孩深表感激。「又要彼此相顧，激發愛心，勉勵行善。」（來10：24）現在該是開始視他人的貞潔為自身責任的時候了。

貞潔之美

在這章的結尾，我要問你一個問題：你能描繪出這幅圖畫嗎？你看到貞潔之美了嗎？如果你看到了，是否願意為自己和他人的生命奮起捍衛呢？

是的，這是需要付出努力的。貞潔不會意外地產生；貞潔需要人順服神。但這樣的順服不是個重擔，也不是我們難以承受的。我們只需要思考，不貞潔的另一種選擇是什麼，就能得見遵行神旨意的美好。不潔是包裹著心靈的一層污穢薄膜，是一道遮蔽光線的陰影，讓我們的面容黯然失色。雖然神並不會停止愛那些不持守貞潔的人，但他們享受神愛的能力，卻會因此而停止。因為當我們不潔時，便遠離了神；罪惡與污穢不能靠近祂的寶座，只有當我們遠離神的光芒時，這兩者才能繼續壯大。

當我們遠離神的同在時，便完全離開了保護，暴露在罪惡之中，這罪惡充滿了奪取生命的毀滅性。失去了貞潔，「性」這個神賜給人類的禮物就變成了一場危險的遊戲；一段不貞潔的關係，很快就會降格，變成兩副只想攫取享樂的軀體；沒有了貞潔，人的心思便會成為邪惡的奴隸，被各種罪惡的渴望和想像所搖動。

到底要怎麼做，我們才能看見貞潔之美呢？貞潔是個入口，可以進入神所造萬物的光中。「誰能登耶和華的山？誰能站在祂的聖所，就是手潔心清……的人。」（詩24：3-4）貞潔迎接我們進入神的同在。基督曾說：「清心的人有福了，因為他們必得見神。」（太5：8）只有清心的人才能見到祂的面容，成為祂聖靈的器皿。

你看到了貞潔所蘊含的美善、可發出的力量和具備的保護能力嗎？這些是你想要的嗎？你是否對它有所憧憬？你是否準備好，不再企求當下的享樂，願意過一個貞潔、專注於神的生活？但願你對祂的愛，持續激勵你，一生熱情地追求公義。

7

已被潔淨的過去

耶穌如何救贖你的過去

身為基督徒，我們都「清楚知道」某些真理，例如「耶穌愛我」、「基督為罪人而死」。我們不但都聽過，而且不知道聽過幾次了。但因為過於熟悉這類教導，反而使得心靈產生「塵埃」，往往蒙蓋住了這類簡單真理的光輝，使其變得黯淡。因此我們必須拭去這些塵埃，提醒自己，這些真理具有改變生命的大能。

有一次我前往波多黎各拜訪一位牧師，在那一個濕冷的夜晚，我做了一個夢，它發揮了很大的提醒作用，因為這場夢總結了耶穌基督為你我所成就的大功。

我很少跟其他人提及我做的夢，但我之所以在這裡講述這場夢，是因為前一章提過奮力追求貞潔的重要性，在這之後，我們需要提醒自己，何謂神的恩典。對某些人來說，包括我在內，討論貞潔是一場充滿悔恨的反省，它提醒我們自己多麼不潔，也提醒我們過去的失敗。

或許你曾經搞砸過；也或許你反省過去的種種行徑，充滿了悔恨，開始退縮。貞潔對你而言，似乎已成為一個失敗的訴求。如果是這樣，那麼這場名為「房間」的夢境，正是為你而呈現的。

半夢半醒之間，我發現自己置身在一個房間裡。那不是什麼很特別的房間，除了有一整面牆佈滿了小型抽屜之外；它們就像是圖書館裡面按字母排列、依作者或主題分類查詢書籍的索書卡小抽屜一樣，這些檔案抽屜，從地板一直延伸到天花板，左右兩邊也像是無止境地向外延伸，上面的標籤卻跟圖書館的大為不同。當我走近那面檔案牆時，第一個吸引我目光的抽屜上寫著「我喜歡過的女孩」，於是我打開了它，開始快速翻閱那些卡片。很快地，我在震驚中將抽屜關上，因為我發現我認得每一張卡片上的名字。

接著，雖然沒人告訴我，我卻很清楚地知道自己置身於何處。這個死氣沉沉、充滿小檔案抽屜的房間，是將我的人生整理成一套粗略目錄的系統。它記下了我每時每刻的動作舉止，無論大小，而它的詳細程度，是連我的記憶力都無法匹敵的。

我滿懷好奇與戰兢，開始隨意地打開各個抽屜，查看裡面的內容。有些內容帶來喜悅及甜蜜的回憶；其餘則令我羞愧無比、悔恨交加，那感覺無比強烈，我甚至會回過頭去，探看是否有人窺視。一個標示著「朋友」的抽屜，正好落在抽屜上標示著「背叛過的朋友」旁邊。

檔案抽屜上的標籤五花八門，從平凡無奇到極端詭異都有：「我讀過的書」、「我說過的謊」、「我給人的安慰」、「我為之捧腹大笑的笑話」。有一些標示準確得令人感到滑稽，例如「我曾罵過我弟弟的事」；還有一些我看了就笑不出來的標題，例如「我在氣頭上做過的事」、「在父母面前小聲發牢騷的事」。而我也因這些檔案的內容大感吃驚，通常這些小抽屜裡的卡片都比我想像得要多；有時候卻又比我希望的要少。

我被過去竟然發生過這麼多事而感到不可思議。我有可能在過去短短的二十年中，寫下這幾千張、甚至幾百萬張的索書卡嗎？卡片確認了這項事實，因為每張都是我的字跡，每張都有我的親筆簽名。

當我拉開標示為「我聽過的歌曲」那個抽屜時，我才發現，原來這些抽屜的深度是按照卡片多寡而伸縮的。那個抽屜裡的卡片塞得很緊，在我看完長約兩三碼的卡片之後，都還看不到抽屜的盡頭。我趕快把抽屜關上，感到極度羞愧；我倒不是為了那些音樂的品質而羞愧，而是因為我心知肚明，那一抽屜的卡片，代表了我所耗費的大量時間。

當我看到標明「好色的想法」那個抽屜時，一陣寒意流過我的身體。我只把抽屜打開一英呎深，因為我不願檢視這個檔案的容量。接著我抽出一張卡片，當我看到卡片上詳盡的描述時，便不寒而慄。當我想到，連這種時刻都被紀錄下來時，我感到很難受。

突然間我感受到一股野獸般的憤怒。一種想法佔據了我的腦海：「我不准任何人看這些卡片！我不准任何人進到這房間來！我必須把這一切毀掉！」於是我瘋狂地將那整個抽屜拉出來，現在它究竟多深已經不重要了，重要的是我得把抽屜全都清空，把卡片全都燒掉。但是正當我拉住抽屜的一端，在地板上猛敲時，竟然敲不出一張卡片。我急了，開始用力拉扯卡片，可是卻發現那些卡片跟鋼鐵一樣堅硬，根本扯不斷。

極度受挫及無助的我，只好將抽屜歸回原位。我將額頭靠在牆上，發出一道自哀自憐的長吁。接著我便瞄到「我傳過福音的人」那個抽屜。抽屜上的把手似乎比其他的抽屜要來得新，好像根本沒打開過一樣。我抓住了把手，接著一個不到三英吋深的小抽屜就滑落到我手中了；我用一隻手就可以數完盒子裡的卡片。

接著我開始哭泣，眼淚奪眶而出。我哭得很厲害，哭到胃痛，全身開始顫動。我跪倒在地一直哭，因著羞愧而痛哭，為著一切而感到悲痛難忍。那一排排的檔案抽屜，在我淚眼之前不斷旋轉。「絕對不可以有人知道這房間的存在，我得把它鎖上，把鑰匙藏起來。」

但當我開始擦乾眼淚時，我看到了祂。喔，不，千萬不可以。祂不可以到這裡來。誰都可以，就是耶穌不可以。

我無助地看著祂打開每個檔案抽屜，看著卡片的內容。我幾乎忍受不了，無法注視祂，看祂的反應。而當我敢直視祂的臉龐時，我卻看到祂表露比我還深的哀傷。祂似乎會直覺地打開最不堪的那些抽屜。為什麼祂得看清楚每張卡片呢？

最後，祂從房間的那一頭轉過頭來看著我，眼中流露出深深的憐憫之情。但這樣的憐憫並沒有讓我感到憤怒。我把頭低了下來，兩手摀住自己的臉，再度開始哭泣。祂走了過來，用手臂環抱著我。祂大可以對我說很多的，但祂卻一言不發，只是跟我一起痛哭。

接著祂便起身，走回佔滿整面牆的檔案櫃。祂從房間的一端開始，把檔案抽屜一個個抽出來，在每張卡片上面簽自己的名字。

「不！」我大叫一聲衝向祂。當我把卡片從祂手中奪下時，只是一直喊著「不，不可以。」祂的名字不應該寫在這些卡片上的。但祂的名字已經寫在上面，深紅

色的字跡活生生的印在上面。耶穌的名字蓋住了我的名字，那是用祂的鮮血所寫的。

祂溫柔地將卡片拿過去，露出了苦笑，並繼續簽著祂的名字。我想我永遠不能瞭解，祂的速度怎能這麼快，似乎是下一分鐘，我就聽到祂將最後一個抽屜關上，走向我身邊。祂把手放在我肩上，並說道：「成了。」

我站了起來，祂帶我走出房間。房門並沒有上鎖，因為以後還有卡片要歸檔。

對你我這樣的罪人來說，有一個好消息：基督已經償付了我們的罪債。祂已經用寶血遮蓋了我們的罪，祂已經遺忘了我們的過去。貞潔就從今天開始。

「我們就當脫去暗昧的行為，帶上光明的兵器。」（羅13：12）如果我們坦白承認的話，有些人會比其他人需要放下更多暗昧的行為，也就是更多的回憶、更多痛苦以及更多的悔恨。但我們並不需要讓過去決定我們的將來，對於人生，我們現在仍有決定權。我們是否願意把心放在神身上，行走祂的道路？「行事為人要端正」，羅馬書繼續說道：「……不可荒宴醉酒；不可好色邪蕩……。總要披戴主耶穌基督，不要為肉體安排，去放縱私慾。」（羅13：13-14）

沒有一個人可以純潔無瑕地站在神面前，我們都是罪人。但不論我們穿的是多麼污穢不堪的破舊衣服，當我們真心降服於神時，那歸向神的心便煥然一新；神讓我們穿戴基督的公義，不再看我們的罪，祂將耶穌的純潔無瑕轉移到我們身上。因此你要用神的眼光來看自己——你穿著純白無瑕、被稱為義的光明衣裳。

或許你還有某個記憶縈繞不去，它讓你覺得自己不配獲得神的愛和赦免。千萬不要讓過去的一切繼續打擊你，趕快把它忘了，不要再重複播放那一刻或者其他類似的影像。假如你已經為過去所有的錯誤行為認過罪，神已經應許不再記念了（來8：12)。因此，你要繼續向前走，貞潔的一生正等待著你。

第三部

建立新的
生活方式

8

除舊佈新

跟隨神計畫的四個重要步驟

要蓋好一棟建築物，有時候得先把該拆除的拆除乾淨。最近我爸爸和弟弟約珥（Joel），參加了約珥的好友史蒂芬・泰勒的十三歲生日慶祝會。他父親想讓這個進入青少年的特別時刻，成為史蒂芬美好的回憶。各色精美禮物顯然並不夠，史蒂芬的爸爸還想藉此傳授智慧，因此，他邀請每個男孩的父親陪同前來，並帶來一樣特別的禮物——他們工作上需要用到的工具。

那一天，每位父親都把各自的工具送給史蒂芬，並同時贈與每樣工具所代表的「人生功課」。這「工具箱」裝滿了史蒂芬將要帶進人生的各項原則。那些工具都是獨一無二的，就像那些與會的父親一樣。我父親送了史蒂芬一支高級鋼筆，並向他解釋，一支筆可以幫助他記錄思想；此外，在他簽下某項契約時，筆也代表了他的諾言。

其中一位家長是個專業的建築工匠，他送給史蒂芬一個小盒子。「這盒子裡面裝了我最常使用的工具」，他說道。史蒂芬打開盒子，看到了一支釘拔。

「釘拔雖然看起來很簡單，卻是我最重要的工具之一。」那位父親接著提到，有一次他砌牆砌到一半時，才發現那面牆歪了。但他並沒有立刻停止施工，或將之前的建築結構稍微破壞，先把牆修正；相反的，他決定繼續施工，希望在往後的施工過程中，這個問題會自然得到解決。然而，那個問題卻持續地惡化。最後，他只得承受極大損失，耗費先前的建材和時間，將幾近完成的那堵牆全部拆掉，重新來過。

那位父親慎重其事地說道：「史蒂芬，總有一天你會遇見這種情況，那就是你發現自己犯了一個錯誤。那時，你有兩種選擇：你可以承認自己錯了，然後趕快補救，或者你可以不智地繼續錯下去，期盼問題會自己消失，不過，問題多半只會越來越嚴重。我送你這件工具，是要提醒你一個原則：當你發現自己犯了錯時，最明智的選擇就是把一切拆除，然後再重新來過。」

建立敬虔的生活方式

那個關於釘拔的提醒，對我們這些用錯誤約會態度和模式來發展交往關係的每個人來說都很重要。對許多人而言，若要把事情做對，就得先拆除之前做錯的事；這便表示，在某些情況下一個人該終止一段錯誤的交往關係。

不論你的情況為何，若要在交往關係中，開始並維持一種敬虔的生活方式，接下來的幾個步驟都很重要。

1、革除舊習，重新開始。

如果要建立一種敬虔的生活方式，我們就必須先為過去交往關係中，罪惡的態度和行為認罪悔改。聖經用認罪悔改這個字來形容遠離惡事、追求良善的狀態。認罪悔改就是，由於人心改變而產生生活方向上的改變。

你曾否在交往關係中以自私行事？如果答案是「是」，那麼你就該考慮承認自己的自私，並且加以矯正。你是否在持守貞潔的事上刻意放水、心不在焉？那麼你或許需要求神饒恕你，並尋求轉回善道。你是否正處於一段交往關係中，是你明知不對的（不論原因為何）？那麼你就該求神給你勇氣，去遵行祂的旨意，這也可能包括停止這段關係。

分手是很難的

丹尼是個十八歲的男孩，他知道自己跟桃瑞莎的交往所產生的問題，只能用一個方式解決，那就是終止這段關係。他們已經約會超過七個月了，而在這段期間，已經快速地增加兩人在肉體上的接觸。他們並不想這麼做，但是不論他們如何三番兩次限定兩人的親熱程度，他們卻總是越過界線。他們都還沒有預備好要結婚，而在丹尼的內心深處，他也很清楚知道，自己和桃瑞莎並不適合對方，跟桃瑞莎持續這段關係，只會誤導她。

而這些因素，是否讓兩人的分手更容易些？不，交往關係中，類似這種難纏的狀況，是最難處理的。但是你要記得，去持續一段明知錯誤的關係，只會讓這段關係在真正結束時，加添兩人的痛苦。你要有勇氣馬上順服神。今日的順服，能讓你免於明日諸多的傷痛及悔恨。

當你終止一段關係時，你需要記得兩件要事。首先，你得徹底結束它，不要藕斷絲連，或者暗示對方有一天可能會重聚。也或許你應該同意對方，在分手後一段時間內不再聯絡。就丹尼的狀況來說，在分手後，他總想打電話給桃瑞莎「純聊天」，或只是約她出去「敘敘舊」。但這麼做只會喚醒過去的感覺，重新讓過去的傷口再次裂開罷了。雖然這麼做不容易，但他知道他和桃瑞莎必須徹底結束這段關係。

調整交往關係的焦點

有一天，席娜突然發現，自己跟教會某個弟兄的關係，變得認真了起來。他們雖然並沒有約會，可是似乎總是很有默契地碰在一起，而且還經常通電話。當席娜一發現這事時，她便決定跟對方好好談談，以表達她的憂心。她對他說：我真的想跟你作朋友，但我覺得我們將注意力過度放在彼此的身上。雖然席娜是受盡煎熬、鼓足勇氣才說出這番話的，但這一番簡短的談話，確實有所助益，讓這段友誼可以繼續走在正確的軌道上。

革除舊習，重新開始，不一定需要分手。有時候這只是表示，你要重新調整一段交往關係的焦點，讓它不要走上錯誤的方向。

要謙卑

當強納森跟卡拉分手時，他未曾指責卡拉說，在交往中，她也該為某些問題負責任。「如果是那樣，就不叫道歉了」，他說道。相反的，強納森請求卡拉原諒他，因為在兩人交往時，他常試圖在肉體關係上得寸進尺。「我告訴她，我沒有做好一個基督徒該有的樣子，而我之所以跟她分手，是因為我相信神要我這麼做。」

不論你需要分手，或者是要為一段關係重新聚焦，你要謙卑地去跟你交往的對象談一談，強調你想取悅神的心願。如果你曾經錯待對方，你就承認自己的罪，並請求對方的饒恕。不要合理化自己的行為，或是為自己找藉口；只要跟對方道歉就行了。

2、讓父母作你的隊友。

當你要在交往關係上活出全新的態度時，你需要兩件法寶：智慧和監督。理想狀況下，這兩者都應該是父母負責提供的；你需要父母的幫助。（我知道不是每個人都能在交往時受益於父母雙方，即便如此，我仍相信你可以從最信任的父親、母親或者監護人身上得著寶貴的洞見。）

為什麼我會說，我們需要從父母身上汲取智慧和監督呢？因為我自己就曾因為不聽信父母的勸告而得到教訓。高中時，我刻意向父母隱瞞交往的對象。如果我喜歡誰，我都不會告訴父母。因為我怕一旦他們介入，就會把事情搞砸。這種想法真是大錯特錯啊！由於我向父母隱瞞戀愛生活，於是我將自己隔絕於神所賦予的智慧源頭，而這樣的智慧能讓我免於犯那麼多的錯誤。

過去幾年，我學習向父母坦承我的戀愛對象。當我這麼做時，我有了很驚人的發現：原來父母是站在我這邊的！能告訴他們我的困難，真是令我感到解脫！我與父母的對話並不需要是尷尬不堪，或充滿對抗的。我只是到父母面前說：「最近我一直想著某人，你們覺得她這個人怎麼樣？」或者是「我覺得這個人真的讓我感到分心，你是否可以為我禱告呢？」

當我跟父母公開討論我的想法和感覺時，他們可以提醒我過去曾立下的承諾（一個漂亮的女孩很容易就讓我忘了這些承諾）。他們也可以為我禱告、給我忠告。但如果我不選擇主動地讓他們參與，尋求他們智慧的建言，那麼他們便無法參與了。當我這麼做時，我得到了一些很棒的建言，我認為你也可以這麼做。因此，我要挑戰你，讓父母成為你的隊友。

如果父母不在身邊

正如我先前提過的，我知道有些人的父母無法如此參與。原因可能是父母離了婚、是非基督徒、完全沒有興趣參與，或者你住在離家很遠的地方。

如果你身處於上述的幾個情況中，請你記得，神可以提供你一切需要的支持。祂會透過聖靈以及教會中的基督徒來支持你。如果你需要找一個輔導，可以提供智慧建言及協助監督你的交往關係，求神向你顯明該求助於誰。然後，當祂引導一位輔導進入你的生命時，你要積極地邀請他投入。如果你尚未加入教會，趕快去找一間教會，請敬虔長輩成為你的屬靈父母，幫助你正確地航行在浪漫的愛情海上。

不論你的情況為何，不要耽擱。你要成立一個支持團隊，幫助你走在正軌上。

3、建立保護的界限。

在你組成了「親友團」後，你需要開始為與異性的關係建立自己的界限和指導方針。跟你父母或者輔導坐下來談談，問他們這類的問題：「怎麼樣的環境算是談戀愛的環境？什麼時候跟異性出去是合適的？什麼時候出去約會又會產生過早的親密感？」想想可能出現的一些情況。當某個人覺得被你吸引時，你該怎麼做？如果情況倒過來又如何？你應該跟異性花多少時間講電話？你們共處的時間應該是多少，即使是在團體中？

設立這類的界限讓你在不同的情況能有信心地回應。例如，我曾立下承諾，要避免置身可能受試探的環境。對我而言，在空無他人的房子裡單獨與女孩相處，會讓我受到試探。所以我為這件事設定了一個界限：當某個女孩單獨在家時，我不會進去她家。如果一個女孩打電話給我，邀請我去她家，同時她的父母不在家的話，我便根本不需要衡量情況或禱告就知道我不會接受這樣的邀請。

規定本身並不會改變我們的心態，但是一旦我們採取了新的態度，保護自己的界限就能幫助我們走在正軌上。

4、檢視在你耳邊私語的是誰。

最後，你要仔細觀察影響你的是誰。你聽誰的話，聽些什麼音樂，讀些什麼書報刊物，以及看什麼電視節目。這些事物若不是鼓勵你順服神，就是會與你承諾透過交往關係來得著神最佳安排的這件事互相衝突。

我還記得我教會的一個姊妹說過，她看完浪漫的電影之後，會覺得很不滿足，「它讓我懷疑『為什麼我沒有這樣？』」她這麼告訴我。

在你的生活中，是否有任何事物讓你產生上述的不滿足感？如果有的話，那麼或許你該考慮剔除一些事物。或許你該停止閱讀羅曼史小說，不再看肥皂劇，因為它們會在你內心激起不敬虔的渴望。或許你該關掉收音機，因為時下多數的音樂都讚揚著一種錯誤的愛情觀。你可能需要停止收看你喜歡的一些電視節目，因為它們嘲笑你對貞潔的信念。不論是什麼，只要是試圖試探你，讓你感到不滿足或容易陷入妥協的事物，都不要再忍受下去。

你可能會發現，同樣的原則也可以應用在你是否花太多時間，跟那些沉溺於約會的朋友混在一起。我不是說你應該撇棄朋友，只因為他們鼓勵你一直想著約會這件事。但我確實認為，你該去觀察朋友是如何影響著你的想法。

你可以反問自己這些問題：這些人是否正對我產生負面的影響？我要如何才能正面地影響他們，而不讓我的信念受到損害呢？這些問題的答案可能是，你要跟某些人減少來往，或者是選擇跟他們在不同的場景之下見面。你要為這些朋友禱告，要愛他們，同時要誠實地評估他們對你的影響，並且求神讓你遇見支持你的標準和信仰的朋友。

把它活出來

陶恕牧師（A. W. Tozer）有一次講了一篇特別令人知罪的道。其中一個聽過那篇道的會友回憶道，如果牧師願意的話，應該可以叫一大票充滿悔意、滿臉淚水的群眾擠滿聖壇。但是陶恕對那種感性的炫耀並沒有多大的興趣。他並沒有發出呼召，要會眾到聖壇前來，相反地，陶恕叫他們靜靜地離開教會。他用低沉的聲音說道：「不要跑到前面來哭訴，趕快回家，把它活出來！」

陶恕當天的教導，對我們而言，是絕佳的勸導。雖然本章檢視過的四個步驟，一開始看來有點困難，卻是建立新的生活型態極其重要的一部份。它們不只可以幫助我們一開始就立定心志，更重要的是，還可以幫助我們堅持到底。

我們可以採取的第一步，就是將誤入歧途的交往關係重新聚焦，或者是結束我們明知不對的交往關係。為了懷抱神為我們預備的美好事物，我們需要放棄過去的罪惡和錯誤。我們還需要組成一支親友團，包括父母和其他敬虔的基督徒朋友。他們可以監督、鼓勵我們；讓我們謙卑自己，歡迎他們的指正與勸告。我們也該誠實地承認，我們需要設立保護的界線，讓自己遠離試探及妥協的可能。最後，要誠實地評估我們所觀看的影片、所欣賞的音樂、所結交的朋友，以及這三者所帶給自己的影響。主動地遵守本章所提的四個步驟，將可以幫助我們將信念付諸實現。

是的，我們仍然會面對許多問題。我們要怎麼做，才能跟異性作朋友，而不讓這段關係變成戀愛關係？當我們受到某人吸引，或者是迷戀上某人時，我們該做些什麼？我們又該如何向週遭的人解釋「不約會」的事？我們會在接下來三章中，探討這些問題，以及其他許多的議題。

9

單純作朋友

跟異性維持朋友關係的關鍵

你遇見了一個異性朋友，真是讓你眼睛為之一亮。
喔，慘了。

接著你認識了這個人，發現他（她）的個性也很好相處。

喔，真的慘了。

而且更令人興奮的是，對方也釋放出「我想進一步認識你」的訊息。

喔，這下鐵定慘了。

如果你已決定暫緩談戀愛，直到準備好進入婚姻為止，當你遇見這種情形的時候，你該怎麼做？如果你並不想玩約會遊戲的話，那麼你有什麼備用的計畫？

答案很簡單，那就是你們可以單純作朋友。這聽起來很簡單，不是嗎？其實並不盡然。如果神造我們的時候沒有造一顆心，我們就毫無感情，也可以免疫於異性的吸引，或許我們就不會因為這種情境而內心交戰了。但是神並沒有這麼做；多數人都必須面對這三方面的掙扎，跌跌撞撞，走過這一段令人困惑的過程，在兩個極端的選擇中間找到一個平衡點。其中一個極端就是，只要看對眼，就馬上一頭栽進戀愛關係中；另一個則是，由於害怕，而對所有的異性採取躲避政策。要找出那一個平衡點絕不是件簡單的事。站在平衡點上往往讓人感覺到，自己像是條拉得很緊的繩索，懸在峽谷中間。

眞是讓人混亂

「單純作朋友」實在是令人困惑的一件事。誠實地說，連我也還沒完全搞懂這回事。我的血管中流著浪漫的血液，要約束它可不是件容易的事。即便我想跟某個女孩維持精神戀愛關係，我仍會內心交戰，深怕自己逾矩。

到底友誼和「超友誼關係」的界線在哪裡？這讓我想起小時候看過的一支棒棒糖廣告，你可能也看過。那個小男孩拿了一支棒棒糖，廣告接著問了一個問題：到底要舔幾下才能吃到棒棒糖的夾心呢？

小男孩向兩隻動物提出了他的疑問，但是沒有人知道答案。牠們叫他去問貓頭鷹，因為，貓頭鷹最聰明，一定知道。

小男孩於是向貓頭鷹提出了他的疑問，那時貓頭鷹正端坐在樹上，像個隱居在山裡的仙人一樣。他問牠說：「到底要舔幾下，才能吃到棒棒糖中間軟軟的夾心？」

貓頭鷹馬上把糖果搶過來，打開了包裝。

牠舔了一下，口中數著：「一」。

牠再舔了一下，數著：「二」。

牠又舔了一下，數著：「三」。

沒想到，突然地一聲「卡滋」！貓頭鷹毫不猶豫地，把棒棒糖一口咬碎。牠接著將吃完的糖果棒交還小男孩，並宣佈這個難題的答案：「三口。」

我小時候真的很氣那隻貓頭鷹。我為那個小男孩感到難過，他不只失去了一支棒棒糖，而且最後還是不知道問題的確切答案。

當我想到跟女孩之間的友誼時，我覺得自己就像那個男孩一樣！其實我並不想馬上嚐到浪漫之愛屬於夾心的那部分，只是想跟她們作朋友。但我卻不知道，一個男孩和一個女孩之間的友誼，該付出多少的注意力，才算是「卡滋」一聲——超越了友誼的界線，進入「超過友誼」的境界。

我之所以提出這個疑慮，並不是因為我害怕談戀愛。相反的，我很期待有一天可以學會愛一個女孩，盡全力贏得她的芳心。但是直到那一日來臨之前，我想好好利用單身，專心地事奉神。為了持續走在這條路上，我已經選擇了避免約會、或捲入任何戀愛的漩渦。

但是，有時候，我的友誼還是難免會「卡滋」一聲。

你曾否有過某段友誼變質為戀愛關係的經驗呢？如果答案是「是」，那麼你就知道，要避免這種情況是多麼困難。前一刻你們還是朋友，突然間，兩人的心就加速向戀愛前進。當你想到這個人時，便開始嘆息；你發現自己開始作白日夢，夢想著下一次跟這個「朋友」在一起的情景；又或者你跟一群朋友在一起，當那一個人開始跟某人說話時，你覺得有一點……吃味？想要佔有他？

你跟自己理論。「為什麼我會有這種感覺？我們只是朋友而已，我們是在基督裡的弟兄姊妹……。」隨你怎麼說都行，但你心底知道，你已經「卡滋」一聲了。

永遠的朋友

很令我感到羞恥的是，這種不小心「卡滋」的故事，我可是有一籮筐呢——我跟女孩的友誼經常不小心走調，變得越來越複雜，有時候這段友誼因此受到危害，只因為它變成了戀愛關係。這裡我跟大家分享其中一個故事，讓大家知道什麼叫做「卡滋」的故事結局。

在十七歲時，我結束一段為時兩年、相當認真的交往關係。在這段交往中，我親身經歷到何謂落入約會的圈套。儘管我那位女友是個好人，但我們分手時還是帶著極多的悔恨。現在我有重新來過的機會，我決心不再重蹈覆轍。我想出了一個很簡單的計畫，那就是：在我準備好迎接婚姻並且找到適合的對象之前，我要與異性維持作朋友的關係。

這話說來容易做來難。

我的出發點雖然很好，但我一開始卻對男女之間的友誼抱著一種天真的想法。在那一段期間，我以為跟女孩子交朋友，就表示你不親吻她，或者不跟她正式約會。事實上我還有很多要學的。

我用極其有限的瞭解，開始採用跟女孩作朋友的新方式。過不了多久，我就有了測試這個想法的機會。在我升上高三的那個暑假，我遇見了雀兒喜。她是在「高峰」營會中的一個學員；「高峰」是一次訓練基督徒領袖的營會，舉辦地點是位於科羅拉多州科羅拉多春泉市，某間建造於上世紀末、古意盎然卻又不停搖晃的飯店。我跟雀兒喜有天下課在樓梯間巧遇。她來自堪薩斯州，有著深褐色頭髮，散發出真善美的光芒。雀兒喜是個家庭背景優良的虔誠基督徒，她是非常典型的美國女孩，既愛好運動又喜歡冒險。那種感覺絕對是一見就喜歡上彼此的「友情」。

在營會中，我們逐漸熟悉，在排隊領午餐時交談，在運動日一起打網球。後來我們還跟一大群學生去攀登派克峰，在登頂的十四英哩路程中，我們變得越來越親密。在路途上，雀兒喜告訴我她在小鎮的生活，也提到她父親是鎮上的律師。我也告訴她我在家鄉奧勒崗州的生活。在交談時，我感到相當興奮，因為我終於找到一個女孩，是我喜歡一起作伴，而不致落入男女朋友會陷入的陷阱中。

很不幸地，我對「單純作朋友」的意願太過薄弱，因為我習慣旁敲側擊，跟女孩進入戀愛關係，而這種單純作朋友的意願無法勝過舊習慣。我覺得深受雀兒喜的吸引，不滿足於友誼的關係，不滿足於互動被限於團體之中。於是，我開始約她吃午餐，而她也欣然接受。在營會結束前兩天，我倆搭上巴士，到科羅拉多春泉市中心去玩。整個下午，我們在觀光客常去的小飾品店和販賣便宜畫作的小店區閒逛。最後我們還在串珠子店裡穿了兩條項鍊，當作對彼此的紀念。

那次小小的約會是第一個錯誤。在我眼中，出去吃一頓午餐並沒有什麼大不了的。但就這件事來說，我約她出去釋放了一個訊息，那就是我對雀兒喜有特別的興趣，這麼做也讓我倆置身於談戀愛的氛圍，讓我倆覺得我們是一對。我的搧動使兩人的關係超越了友誼的界線。

但是，當時我對這一切都視而不見。事實上，我感到相當自豪。對我來說，我和雀兒喜毫無落人口實之處。天知道！我們連手都還沒牽過呢！身為「成熟的」高中生，我們已經超越了國中生那種在營會中是男女朋友，回家後就宣告分手的戀愛方式。我們告訴自己，也告訴營會中其他的人，我們不過是朋友罷了。

然而事實上，我想要的不只如此。我渴望得到戀愛的刺激，以及有人喜歡我的那種舒適感。隔天，我寫了一張小紙條給雀兒喜，告訴她，我受不了營會結束就結束我們的友誼。雖然兩人的家相隔遙遠，我們是否可以藉著書信往返保持聯絡？她欣然同意。

這是我犯的第二個錯誤。寫信固然是件好事，而且在營會結束後，我也經常寫信給其他的弟兄或姊妹。可是雀兒喜和我所做的，卻不只是保持聯絡而已。有幾個月的時間，我們每天都寫信給彼此。這樣的關係不只花了不少郵資，可以說簡直到了沉迷的地步。當我沒有在寫信給她，或者是聚精會神讀她的來信時，我仍然一直想著她、或是談論著她。

在任何神智清醒的人眼中，我們倆很顯然已超過朋友的程度。雖然我們在每封信的最後都署名「你永遠的朋友」，那些充滿詩意的書信，卻實實在在蘊含著戀愛的弦外之音。在每一封書信中，我們不時用著「我想念你」和「我一直想你」這種強烈的字眼。在某一封書信中，雀兒喜在每一頁的上方以鮮明的色筆寫道：「我在基督裡面愛你。」

我們只是朋友而已？是喔！

當我回顧過去，我很訝異地發現，我是如何為自己的行為自圓其說的。「這怎麼可能是錯的呢？我們分隔兩地，相距數千英哩遠，我們從未親吻過彼此，連約會都沒辦法咧！」我當時不明白的是，不需要住在隔壁，就可能過早建立親密感；也不需要約會，就可能超越友誼的界限，因為美國郵局可以幫助你做到毫無距離。

那一段關係的結局並非完美。雀兒喜和我對彼此越來越認真。我們甚至飛到對方的家鄉去探望彼此。但是到了最後，我們開始看到，我們的共同點其實並沒有起先以為的那麼多，是戀愛的熱情掩飾了兩人性格上的不一致。

當雀兒喜在學校認識另一個男同學，開始跟他「作普通朋友」時，我開始忌妒。我們無法客觀地評估我倆的「友誼」，而開始傷對方的心，最後隨著我倆的關係冷淡下來，也不再通信了。又是另一段以心碎收場的早熟戀愛。

我再次得到我決心要避免的下場。

這是怎麼回事？我們的友誼是從什麼時候開始變質的？我是否真的可能跟女孩擁有純友誼？或者這只是天方夜譚？

男女之間可以擁有純友誼

雖然有時候我會失敗，在跟女孩交朋友的事上，無法拿捏得恰如其分，但我確實相信，男孩與女孩之間，是可能發展出純友誼的，而這種友誼能夠豐富人生、且與戀愛無關。事實上，這件事是很重要的。使徒保羅教訓他屬靈的兒子提摩太說，要「勸少年婦女如同姊妹；總要清清潔潔的。」（提前5：2）。保羅假定，提摩太每一天都會跟姊妹們互動，而正因為如此，他勸戒提摩太，要保有一種敬虔的態度和持守貞潔。我們也應該跟提摩太一樣，追求這些事物。

男孩與女孩之間的友誼，也可以是純潔無瑕、啟迪心靈及深富教育意義的。在我與女孩互動的過程中，我獲得了她們對人生的洞見；我學到了極其寶貴的事物，是我狹隘的男性觀點看不見的。我還記得我曾經收過一位姊妹寫的小紙條，她在紙條上列出了好幾節她最喜歡的聖經經節。當時我很努力背誦經文，當我看了這位朋友列出來的經節時，我才恍然大悟，原來我的背誦是一面倒的。我列出的經文都跟戰勝仇敵、打擊魔鬼和勝過試探有關。而她的經文卻集中在單純信靠神、僕人心志以及信靠神的良善。雖然這件事她一點都不知情，但她對天父的觀點確實幫助了我，讓我對神的了解可以有所平衡。

或許你也曾在某異性友人身上，得到過同樣極富價值的益處。這類的友誼有助於讓我們從不同的觀點去看人生。這樣的友誼有挑戰靈性和鼓勵成長的潛力。

當我們濫用無傷大雅的事時

然而，我們雖然應該善用男女純友誼所含括的優點，但我們千萬不可忘記這種友誼的界限。我們若要享受一件美善的事，就必須認知到它的限制，跟異性作朋友這件事也沒有例外。不論一件事對你是多麼的百利無一害，當我們要求太多時，都可能會傷害到自己或是他人。所羅門王曾經利用食物的類比來教導我們這項原則：「你得了蜜嗎？只可吃夠而已，恐怕你過飽就嘔吐出來。」（箴25：16）只因為某件事很美好，並不代表我們就該狼吞虎嚥；健康的友誼就像健康的飲食一樣，需要自制與適可而止。

以下我們來看看，跟異性維持健康友誼的三個重要步驟。

1、先了解友誼和親密感之間的不同。

當我們了解了友誼和親密感之間的不同之後，就能看得更清楚，看出友誼和「超友誼」之間難以捉摸的分界線。

友誼與交友雙方之外的事物有關；而親密感則跟交友雙方有關係。在真正的友誼中，有一個超越兩人的事物，將兩人牽繫在一起。魯益師曾寫道：「當我一想到愛人，就想到他們面對面的畫面；但朋友卻是肩並肩，兩人的眼目朝向前方。[1]」友誼的關鍵在於一個共同的目標，而這個目標是雙方所注目的焦點。這目標可能是運動、嗜好、信仰、或是音樂，總之，它是**超越**兩人以外的事物。當兩個友人開始專注於培養彼此的**關係**時，這段關係便已超越了友誼。

你們看得出我跟雀兒喜的故事中，這種從友誼發展成超友誼關係的過程嗎？在一開始的時候，我們的友誼奠基於一個事實，那就是，我們都參加了那個為時兩週的領袖營會。我們分享共同的興趣，例如打網球和彈鋼琴。我們因為共同興趣而產生的互動，還維持在友誼的範圍之內。

但我們沒有什麼理由，繼續一段長距離的友誼。因為距離的關係，我們無法一起從事共同的興趣。我們沒有繼續這段關係的基礎理由，除了因為我們對彼此有興趣這個事實以外。如果我們真是在追求友誼，我們就會明白，友誼是無法超越地理位置和生活方式的限制的。我們一定得承認，將我們兩個繫在一起的，是彼此之間的吸引。

但我們卻不承認這件事。因此，我們書信往返的焦點，從共同的興趣轉移到了兩人的關係，我們從肩並肩行走，變成了面對面凝視，把焦點放在彼此身上。

多數男女交友之所以越界，進入戀愛關係，是因為當事雙方不了解友誼和親密感之間的不同。在認識雀兒喜時，我說我只想要交朋友，但我真正想要的是親密感，我想要一個關心我、愛我的人。我的行動違背了我真實的心願，等於向戀愛所帶來的興奮感與安慰投降。

那種慾望難道是錯的嗎？不是的，只是來得不是時候罷了。我不是說我們應該避免親密關係，我們並不應該去避免，因為親密感是很棒的一件事。但我們卻不應該追求一種不求委身的親密感。因為在榮耀神的男女關係中，享有親密感就等於委身於婚姻；如果我們尚未準備好，或者是仍然不能委身於某人，我們就還沒準備好追求親密感。

還記得我們在第二章中所用的類比嗎？追求一段缺乏委身的親密關係，就像跟一個夥伴去爬山，當你爬到一半，他卻開始猶疑，是否該抓緊你的繩子。在你已經爬到幾千呎的高空時，你不會想聽到你的夥伴說，他覺得被你倆的關係給綁住了。

我就是這麼自私地對待雀兒喜的。我想要戀愛的快感，卻還沒準備好委身。但這是否表示，既然我開始了這段交往關係，就應該娶雀兒喜呢？不，這表示我一開始就不該跟她建立親密的關係。

了解了友誼和親密關係之間的不同點，可以幫助我們持守友誼的界限，直到我們準備好，擔負一段親密關係所必須承擔的責任為止。

2、要接納他人，不要孤芳自賞。

要跟異性單純作朋友的第二個步驟就是，要接納其他人進入你的生命，而非只跟一個人在一起，將自己與他人隔絕。在友誼的關係中，我們不希望擁有約會帶來的那種心態，那就是只想擁有倆人世界。要避免這種情況，我們可以積極主動地邀請朋友、家人，甚至陌生人進入我們的生命。

請注意，邀請他人並不代表每次你得先找個象徵性的伴隨者才能約會。我認識不只一對年輕情侶，會帶著弟妹一起去約會，聲稱這樣的約會是團體活動。我有很多朋友就讀於我們當地的一所聖經書院，這間學校有個規定，那就是學生如果要出門，得有三個以上的人組成的「社交單位」才行。有一次，我有個朋友就邀請我跟他們一起出去，後來我才知道，我之所以受邀，是因為他們還需要一個人，才符合「社交單位」的規定。好弟兄們，謝啦！這兩種例子都沒有把第三個人的需要放在心上。實際上，那些弟弟妹妹或者第三者，乾脆被摀住嘴巴，綁在樹幹上還好些。

我說的不是為了作表面功夫而邀請他人加入你的交友關係。相反的，邀請他人應該是發自於誠心，深願邀請人一起團契並一起服事，而且是越多人越好。因此，其實我們不該一開始就從兩人關係開始，然後才建立支持體系。我們的出發點應該從想要達成的目標開始考量，例如團契關係、服事、禱告，或者是查考神的話，然後尋求他人的加入。

當我們發現自己停止邀請他人加入時，就必須問自己，這一段關係真正的動機是否真是友誼。

3、尋求服事的機會，而不是娛樂的機會。

已去世的克特・可班（Curt Cobain）用這一段文字，捕捉了今日文化的態度：「我在這裡，請娛樂我吧！」很不幸地，我相信有許多基督徒，已經讓可班這句話，成為交友的寫照。

我認為，今日文化之所以沉溺於娛樂，只不過表達了人類的自私。娛樂的焦點，不在產生對他人有益的事物，而是為了取悅自己去耗費一些東西。一段友誼，若是基於這種服事自己、尋求享樂的觀念，便很容易陷入這類服事自己的戀愛關係，這樣的關係只重視滿足一個人當下的需要。

但是當我們將友誼關係的取向，從娛樂轉移成為服事時，我們友誼的焦點便從自己，轉移到我們可以服事的人身上了。最妙的是，在服事中我們可以找到真正的友誼。在服事中，我們可以比以前更深地認識我們的朋友。

請你安靜下來想想這件事。在電影院中坐在一個男生或是女生身旁，會讓你對彼此有多少認識呢？相反地，在跟同一個人肩並肩服事之時，你又可以多認識他多少？當我們打破娛樂的思維，開始去服事他人時，不只取悅了神，也接受了令人最滿足的一種友誼的祝福，那就是兩個人（或者更多人）可以肩並肩，朝著一個共同、尊貴的目標前進。

我不是說，我們絕不可以追求娛樂。但我確實認為，我們應該先尋求服事人。所以我們該先去宣道隊學習端湯，其次才是在家看電視。先找一群朋友去教會輔導五年級學生的功課，其次才是要求青年牧師帶你們去水上樂園。先在你家的車庫組一個樂團，其次才是去參加演唱會或是買 CD。先生產再消費；先服事人再尋求娛樂。

或許有一天這個文化的隊歌會是「我們在這裡；我們可以服事你嗎？」

兄弟之愛

要與異性單純作朋友，不是一蹴可幾的。我們必須捍衛友誼，並且極力爭取。男女就像磁鐵一樣，本來被造就是會相互吸引的。但在我們還沒準備好「一輩子粘在一起」之前，必須避免過早擁有親密感。那麼這要如何做到呢？要尊重男女友誼所設定的界限，以神的話語所設定的框架，跟他人來往。羅馬書12章10-11節說：「愛弟兄，要彼此親熱；恭敬人，要彼此推讓。殷勤，不可懶惰；要心裏火熱，常常服事主。」

我們彼此究竟是什麼關係呢？是在基督裡弟兄與姊妹的關係。

我們要如何看待彼此呢？要尊重他（她）。

要維持這種熱忱有何秘訣？為了主的榮耀，肩並肩服事主與人。

當我們受到這樣的態度引領時，「單純作朋友」將會成為絕妙的美事。

10

謹守你心

如何對抗情慾、迷戀與自憐

艾蜜莉懶懶地攤在床上，看著潔西卡整理行李。突然對潔西卡說：「我知道妳去學校後會發生什麼事。」

「是嗎？」潔西卡胡亂答應著。現在她在意的，是怎樣將堆滿整個地上的衣服、鞋子和化妝品，整齊地裝進行李箱裡。

「當然是真的。」艾蜜莉邊說邊用襪子丟潔西卡。她覺得潔西卡不把她的話當一回事。

「到了學校以後，妳就會遇到一些男孩，然後妳就會陷入熱戀。之後呢，妳就會爬回來，而且跪在地上，求我原諒妳當初為了約會這檔事挑起爭端。喔，我真等不及要看你交男朋友！」

如果這句話是別人講的，潔西卡一定會生氣。但這句話是她最好的朋友說的，雖然很氣，也只能對她笑一笑。

「艾蜜莉，我不是已經告訴過妳，這根本不是想不想要戀愛的問題，」潔西卡繼續把一條牛仔褲塞進行李，「我只是不想像某些人一樣玩弄感情、追求毫無意義的交往關係罷了。」

艾蜜莉不管潔西卡怎麼戳她，接著說：「妳等著瞧吧，大學生活會改變妳的想法的。」

當規則不適用時

七個月之後，潔西卡坐在房間裡，出神地望著窗外，眼前一隻松鼠正在停車場上活蹦亂跳。很少有這麼寧靜的午後，整棟宿舍出奇安靜，潔西卡終於可以思考些事情。「也許艾蜜莉是對的。」潔西卡若有所思地自言自語，腦海中重現了那次的對話。大學生活把她的世界整個翻轉過來，以前她對愛情跟婚前交往的理念好像都已過時。她自信滿滿地來到了大學，但現在卻不知該相信什麼。

潔西卡生長在小鎮上，鎮上沒幾個基督徒弟兄，她也沒有想過要交男朋友。潔西卡常跟朋友在一起；而且，學校的作業、練習排球跟壘球佔據了她所有的時間。她高一時參加一場青年特會，有位講員的講題是「由聖經觀點看戀愛」。他談到為什麼約會違反聖經原則。潔西卡覺得很驚訝，因為她發現講員提出的每個論點都很有道理。她從來沒有刻意「不約會」，但現在她知道為什麼會對約會這麼反感了。潔西卡開始想，她有多少朋友因為約會關係變質而受傷。她會不知道約會的壞處嗎？

因為這樣，潔西卡開始尋找「正確的」約會方式；或者該套用艾蜜莉的話來說，潔西卡在策劃一場「反約會運動」。她翻遍整本聖經，急切想要得知聖經的觀點。她飽讀相關書籍、聽錄音帶，常常利用晚間跟她的朋友辯論——抑或該說是爭論——約會的優點與陷阱。

經過這段真理的探索，潔西卡提出了一套「戀愛規則」。她儼然像是從西乃山上下來的摩西一樣，將十誡的現代版頒布給世人。她很肯定她列出來的所有規範，可以解決世上所有的感情問題。至少，也能夠讓她全身而退。第一條，不要讓自己陷入短暫的交往關係。要一直等到她覺得準備好要進入婚姻時，才去約會；即使要跟男孩出去，也僅限於團體活動。等到談戀愛的時機成熟，喜歡她的男孩要先跟她的父母談過。接下來的婚前交往步驟，潔西卡都已有了巨細靡遺的計畫，就像一部精心撰寫的電影劇本。在小心評估適合潔西卡的男生之後，她的爸媽才會允許這男孩子追求她，兩人於是陷入無可救藥的熱戀中。最後，當他們舉行戶外婚禮那天，一定是艷陽高照的吉日。

聽起來很棒，因為潔西卡懂得訂定高標準。事實上，這些規則雖然好，但是在她擬定指導方針的過程中，少考慮了一個重要因素。潔西卡在訂定戀愛標準時，沒有將感情因素考慮進去。的確，她的規則很有道理，但僅僅是一套規則——潔西卡的心未曾真實體驗過。唯有發自內心的信念，才抵擋得住情緒的波動。看來，潔西卡將面臨一場風暴。

潔西卡一進大學（一所非常保守的基督教大學，正因校風嚴謹，潔西卡才選擇它），便深感困擾，因為她所遵奉的外在規範，擋不住她心中湧流的情感。在她的生活週遭，從來沒有這麼多長得又帥、又愛主的弟兄。如果是穿著印有重金屬樂團圖片的T恤，頭髮漂白又黏在一起的東尼邀她約會，要拒絕根本不構成問題。然而，一旦又高又乾淨的艾瑞克，用他彷彿可以看穿潔西卡的棕眼看著她，跟她討論早崇拜的內容時，潔西卡可以感覺到，她的決心開始軟化。

更慘的是，方圓三公尺內就可以看到一對情侶。而且，到處都是！她四個室友裡面就有三個有男朋友，而且還覺得潔西卡沒有男朋友很奇怪，甚至已到不屑的地步。潔西卡覺得自己活像是「愛之船」船上的修女。

潔西卡開始也想擁有感情生活，就像她的室友一樣。突然，想要有個男朋友的念頭讓潔西卡覺得寬慰許多。她發現自己對著某些男孩做起白日夢來了。「要是某某人是神為我預備的『那一位』呢？他說某句話，究竟是什麼意思？他喜不喜歡我呢？」這些想法盤旋在她腦海裡，她愈發愁苦與不滿足。不管她在做什麼，都會這麼想：「如果我能跟某個人分享這件事就好了。」所以，即使她有許多男性、女性的朋友，也很難填補她心中的空虛感。

事情愈發嚴重，因為有些男孩開始約她出去。她開始想：有哪位是好丈夫的料呢？雖不盡然是，但有個男孩很可愛……。在潔西卡的內心深處，她知道自己現在所做的事，就是以前決心不做的事啊。但現在講這些都沒意義了，她之前所設立的標準似乎已經毫無價值。

瞭解自己的心

我們的心不喜歡聽從理智的命令。雖然我們曾決心去做一些合神心意的事，或是負起該負的責任；但總有些時候，我們不想去做。問題就在於：如果我們的心有意全面叛變時，我們要如何接招？如果沒有準備好反制策略，我們就會想要放棄先前訂定的原則和標準。

伊莉沙白．艾略特在《郵遞真愛》一書中寫道：「當我成年正開始學會認清自己的內心深處時，發現到再沒有比我的意志及情感更難控制的了。[1]」所以，能愈早明瞭我們的心愈好。很多人能夠很快樂地生活，是因為他們沒有察覺，「心」才是詭詐之源。當我們提到「心」時，會想到又紅、又可愛、情人節卡片上的愛心。可是，事實並非如此，如果仔細地檢視，便發現我們的心充滿著謊言、自私、情慾、嫉妒與驕傲。而且這還只是精華版呢！實際的情況簡直令人難以承受，那就像是在郵局的公佈欄上，意外地看到你最慈愛的奶奶，竟然是聯邦調查局的通緝要犯。

雖然我們覺得很訝異，但神一點都不意外。祂不僅瞭解人心的脆弱，更知道我們的心極易誤入歧途。

詭詐的心

聖經不斷警告我們，人的天性邪惡，並且教導我們先要謹守我們的心。箴言4章23節告訴我們：「你要保守你心，勝過保守一切⋯⋯。」那麼，我們該怎麼做呢？

首先，想像這個畫面，要保守你心，就像看守一個綁在椅子上的罪犯，他隨時隨地想要掙脫枷鎖，並且把你擊倒。換句話說，要保護自己，不讓你心中的罪勝過你。留神看守你的心，因為一不小心，你的心會讓你損失慘重。

耶利米書17章9節說：「人心比萬物都詭詐，壞到極處，誰能識透呢？」雖然在現今社會，很多人好心告訴我們「跟著感覺走」；但是，聖經卻警告我們，我們的心有可能帶我們走上錯誤的方向，甚至使我們致命。我們會被心蒙蔽。往往「感覺」對的事情，很有可能徹頭徹尾地錯了。

在《要務優先》一書中，史蒂芬．柯維（Stephen Covey）

運用了一個類比[2]，幫助我們了解，人的情感是多麼擅於扭曲事實。如果你在晚上拿著手電筒照射日晷，你可以讓日晷顯示出任何時間。雖然這種方法可以告訴你現在幾點，但時間卻是不正確的。為什麼呢？因為你控制了光源。

同樣的，我們的情感一樣會從各種角度「散發光源」，扭曲真實的情況。它會說我們想聽的話，但我們卻不能全然相信這種「心聲」。

茱莉在十九歲時曾在一間診所擔任掛號小姐。她發現自己深受老闆吸引。即使她的老闆已婚，仍然想佔茱莉的便宜。茱莉很想展現自己的魅力，順勢與老闆調情。她的心告訴她要順從自己的感覺。但她到底該不該聽？

幸好，茱莉的信仰讓她能抵擋心所發出的竊竊私語。她辭去工作，並向一位基督徒友人坦白她所面對的試探。茱莉的朋友與她一同禱告，並且答應監督她。

茱莉明智地保守她的心，因為她考慮到這種行為會產生的後果。如果她順從感覺，便得罪了神；此外，她還會把這次記憶帶入以後的婚姻，更有可能破壞了老闆的婚姻與家庭。這些後果，在在顯明了她內心慾望的醜惡。還好，她即時遠離試探，並且找了位願意監督她的朋友；這些進一步的預防措施，使她不致成為獵物，被自己惡貫滿盈的心吞噬。

你是否遇見有潛在危險的狀況，而你的心要你放膽僭越？你要像茱莉一樣：竭力保守你的心，順服神。

保持純淨

接下來，請想像另一幅畫面：保守你心，就像保持一縷清泉的純淨，因為這是你每天都要喝的水。聖經告訴我們，我們的心就是「生命的泉源」(箴言4：23直譯，和合本譯文作：「因為一生的果效，是由心發出。」)，它是我們的態度、言行舉止的源頭。如果沒有保持心靈的純淨，我們的生活就會像停滯不動的水一樣漸漸變髒。

美國參議院的前任院牧彼得．馬歇爾（Peter Marshall），很喜歡講一個叫作「守泉人」的故事。這個簡單的故事，美妙地說明了常保心靈純淨的重要性。

很久以前，有一位沉靜的老人，住在奧地利某村莊山頂的森林裡，這村莊沿著阿爾卑斯山東側的斜坡而立。多年前，鎮上的議會聘請這位老人擔任看守泉水的工作，讓山溝中的一池泉水，能夠保持純淨清澈。這池子裡溢出來的水，從半山腰涓流而下，形成流過小鎮的清泉。守泉人每日忠心安靜地巡視山嶺、撿拾水池中的葉子與樹枝，並且清除足以堵塞水道、污染泉水的淤泥。過了不久，小村莊變成有名的觀光勝地。優雅的天鵝在清澈見底的水面游著、許多商家的水車在水邊日以繼夜地轉動著，農田受到良好的灌溉，此外，波光粼粼的美景也令餐廳裡的客人食指大動。

過了好幾年。有天晚上，鎮上的議會召開年中會議。當大家在檢視預算時，一位男士看到了支付這無名守泉人的薪資項目。他用忿忿不平的口氣問道：「這個老人是誰？為什麼我們要年復一年地付他薪水？有誰看過他？這個人對我們沒什麼用處，不需要再聘請他了。」議會於是一致投票通過，終止老人的工作。

剛開始的幾個禮拜，還沒有什麼異樣。但是，當初秋來臨，樹葉紛紛開始掉落。斷裂的小樹枝掉進水池裡，阻塞了水道。某天下午，有人發現泉水竟然帶著些許的黃褐色。又過了幾天，泉水的顏色愈來愈深。不到一個禮拜，岸邊的水面上浮起一層污泥，泉水發出一股難聞的氣味。水車轉動的速度很慢，有些甚至停止轉動。靠近水邊的商家也已關門大吉。天鵝遷移到遠方清澈的水塘、遊客不再光臨，到了最後，疾病侵入了整個小鎮。

短視的鎮議會只懂得享受清泉之美，卻低估了保護泉水源頭的重要性。在生活中，我們也可能會犯同樣的錯。就像守泉人守護泉水的純淨，我們也是自己的「守心人」。我們需要不斷藉著禱告，評估心中的純淨，求神顯明污染我們的微小事物。而當神顯明一些錯誤的心態、渴望及慾望時，就要將它們除去。

心靈污染源

針對我們約會的態度，有哪些東西是神要我們從心裡除去的呢？使徒約翰警告我們：「不要愛世界和世上的事；……因為凡世界上的事，就像肉體的情慾，眼目的情慾，並今生的驕傲，都不是從父來的，乃是從世界來的。」（約壹2：15-16）在這段經文裡，約翰告訴我們，世上有三類東西會污染我們的心：帶罪的慾望、情慾以及與人爭競的驕傲（譯註：和合本聖經譯為「肉體的情慾、眼目的情慾、今生的驕傲」）。我們能夠將這三種污染源放到戀愛關係中來談嗎？我想是可以的。事實上，我們在交往關係中面對的掙扎，絕大部分都跟這些有關：渴望得到不該得的東西、貪求神所禁止的事物，或是抱怨我們缺乏的東西。在交往關係中，這些「污染源」的具體表現就是：迷戀、情慾與自憐。接下來要更深入地檢視這三方面的問題。

1、迷戀

你可能早已體驗過這種感覺——不停地想起某個吸引你的人，當他從身邊走過去時，心就會卜通卜通地跳，你花很多時間夢想與這個人的未來，這就是迷戀。我對這種感覺太清楚了，因為我也是過來人啊！

許多人不覺得迷戀會造成很大的傷害。但是我們卻要仔細地檢視，因為當我們更深入思考就會發現：迷戀，是在受到吸引時，一種罪性的回應。當我們允許某人取代神的地位，變成我們情感的焦點時，就是把單純欣賞某人的外表之美或內在個性變成了具危險性的迷戀。我們不把神當作渴望的對象，相反的，卻把這種感覺轉移到一個人身上。我們成為拜偶像的人，崇拜一個不是神的人，並且希望這個人會滿足我們一切所需。

神對我們的心懷有一種公義性的嫉妒；畢竟，是祂創造並救贖了我們。祂要我們將思想、渴望以及慾望都集中在祂身上。祂慈愛地賜福我們，讓我們與他人有美好關係；但祂要我們的心先以祂為樂。

迷戀除了會讓我們將注意力轉離神，還可能會製造一些問題，因為迷戀多半根植於幻想。當我們迷戀某人時，常常會把那個人想像成是世界上最完美的人。我們以為，如果對方也喜歡我的話，我們就會永遠過著幸福快樂的日子。而這種可笑的暗戀可以維持下去，只是因為幻想已經取代了這個人真實的一面。一旦我們了解真正的他（她），發現這個所謂「完美」的人也不過是個凡人，那麼我們的美夢便會消散，而我們又會去暗戀另一個人。

要打破這種迷戀的模式，首先要明白：人的情感無法給我們全然的滿足。當我們發現，自己的心又悄悄溜進迷戀的世界時，應當這樣禱告：「主，幫助我去欣賞這個人，而不是讓他（她）超過你在我心中的地位。幫助我記得，沒有人能夠代替你在我生命中的位置。你是我的力量，我的盼望，我的喜樂，我所尋求的。神哪，求你領我回歸現實；『求你使我專心敬畏你的名』。」（詩86：11）。

我的父親很喜歡這麼說：當你把神擺在神的位置，你就能把人擺在人的位置。在人生中，當我們把神放在正確的位置時，即使與人的關係讓我們失望，也不會有太多的掙扎和痛苦。相反的，如果我們將人變成崇拜的對象，神便無法成為我們的神。

將神放在生命的首位之後，還要繼續躲避迷戀，決心不讓受吸引的感覺繼續滋長。有位從紐約布魯克林區來的女孩，我向她請教如何能擊退迷戀。她回答我：「別讓暗戀滋長！」她說得對。吸引之所以演變成迷戀，就是因為我們縱容它自由發展。

每次當我們被某人吸引時，我們就面臨抉擇：要繼續停留在欣賞的層面，或是允許幻想帶我們脫離現實。有次我受邀上廣播節目接受訪談；在節目過後，我跟製作人聊了一下。她透露，不只青少年需要處理暗戀的問題，這位三十出頭，又美麗又聰明的單身女子，仍然需要抵抗迷戀。她提出一個很有用的觀點。在她講完某位男士追求她的事之後，她說：「約書亞，我想要把焦點放在神身上，一直到適合我的伴侶出現。在這之前，我拒絕過度渴望愛情，或讓我的心迷失。」對她而言，過度渴望愛情意指在回家的路上想著某個男性、把他的照片貼在冰箱上，還有，跟朋友談他的事，然後在那裡傻笑。如果時機成熟，這些舉動都是適當的。但是在這之前，她知道這些舉動，只會引導她進入充滿幻想的迷戀之中。

那你呢？是否曾經屈從迷戀的引誘，把人生焦點轉離了神，幻想著那個「完美的」對象？或許你需要後退一步，評估一下迷戀在你的生命中扮演的角色。

2、情慾

第二種威脅心靈純淨的有毒物質是情慾。情慾是渴求神所禁止的性關係。舉個例子來說，如果我是個單身男子，卻瞪著不是我太太的女人看（對現在單身的我而言，這指的就是所有女人），並且對她存有不道德的幻想，我便犯了情慾的罪。這樣子便是存心去做神禁止的事。在婚姻之內的性慾是一種既自然又合理的性愛表達；畢竟，性慾是神賜給人類的。然而，祂也明確地下令禁止我們在婚前放縱情慾。

為了對抗情慾，我們必須厭惡它，就像神深深地厭惡情慾一樣。很不幸的，我們卻沒有這麼做。在科羅拉多丹佛市的一次經歷，讓我發現原來我對情慾的事不夠儆醒。一天下午，我正從飯店走到市中心的大會會場。有三個男孩迎面走來。他們笑得很奇怪。當我們擦身而過的時候，他們又是說悄悄話，又是咯咯地笑。不知道為什麼，那些動作讓我覺得很不舒服。到底為什麼我會這樣？接著我就把這種不好的感覺丟開，繼續走我的路。然而，過了一會兒，一輛車停在我旁邊，裡面坐著剛剛那三個男孩。這一次，我終於知道自己為什麼感覺那麼怪了——他們是同性戀，正在打量我。他們對我吹口哨、擠眉弄眼，而且還取笑我那一臉迷惑的樣子。最後他們加速駛離，而我簡直是怒火中燒。

我永遠忘不了當時我有多麼的厭惡與生氣。我竟成為他們發洩情慾的目標，他們的眼光在我身上打量。那種行為是錯的，而且污穢不堪。

我還記得，我帶著自以為義的怒火來到神面前，咬牙切齒說道：「這些人有病！」

而神卻趁我毫無防備的此時，在我心中輕聲地責備我。

「約書亞，在我眼中，你對異性所懷有的情慾，即使你沾沾自喜，也同樣是錯的，一樣的令我厭惡。」

這樣的領悟擊敗了我。我對那三個男孩不懷好意的鄙視，跟神對我錯誤情慾的厭惡比較起來，簡直是小巫見大巫——即使我的行為是這個社會能夠接受並鼓勵的。神說過，不管是在街上，看板上，或是電影裡，當我看見婦女便動了淫念，我便與她在心中犯姦淫了（太5：28）。這真的很嚴重！

有多少次我對路上的女孩起了慾念，就跟那三個男孩一樣？又有多少次，我的眼睛對女孩上下打量，就像「攀在玫瑰上的蛞蝓」一樣（法國作家貝爾・熱拉克描述得可真貼切）？我是否對自己產生的慾念感到厭惡，像別人對我產生的慾念一樣呢？碧兒碧・波堤爾（Beilby Porteus）寫道：「我們在人前不敢做的事，在神面前也該懼於思想。[3]」

我們應該尋求把情慾從心思意念中完全剷除。要學習這麼禱告：「『神啊，求你為我造清潔的心。』（詩51：10）幫助我能像約伯，與自己的眼睛立約，不帶著慾念看人（伯31：1）。赦免我縱容情慾；幫助我能忠心地對抗情慾。『願我口中的言語，心裡的意念在你面前蒙悅納。』」（詩19：14）

最後，我們要遠離會挑動錯誤慾望的事物。我認識一個女孩子，她覺得對抗情慾就是把她的言情小說全部丟掉。她覺得看這些充滿情慾的書會有罪惡感，讀這些書只會讓她的心變成情慾的沃土。另一個已經上大學的朋友，決定不再去海灘；因為身穿比基尼泳衣的女孩真是一大誘惑。另外一位男性朋友決定六個月不看電影。這三位朋友是三個活生生的例子，他們都有各自的軟弱，卻願意保守他們的心，遠離某些書籍、情境或是電影，因為這些都會挑起罪性的情慾。

當我們誠實地檢視我們的生活，承認自己有情慾，並明白神為此憂傷，我們就會想要摧毀情慾——在情慾毀了我們之前。

3、自憐

最後一個心靈污染源是自憐。從某一方面來看，自憐是我們對自身環境的崇拜。當我們沉溺於自哀自憐時，便是將焦點轉離了神——因為我們不看祂的良善、公義，不相信祂能在各種情況下施行拯救。當我們轉離了神，也就斷絕了我們唯一的盼望泉源。

我們很容易讓自憐滲透我們的心。當我們覺得寂寞，或是渴求愛人與被愛，我們似乎就有理由怨天尤人，因為這樣的情況不好。

但是，當我們思想十架時，我們真的有可抱怨的理由嗎？當我試著遵從神對交往關係的計畫，放棄短暫約會關係時，有時我會落入一種「烈士」心態。「我真是慘啊，要為義受逼迫！」其實，這真是愚蠢至極！在我比較能客觀看事情的時候，我在想，神對我的自憐會產生的反應，應該像是這句印在T恤上的流行話：「當你哀嚎時，要不要振奮起來？」為了自己放棄的事自怨自艾，不會讓神感到高興；心懷喜樂遵守祂的話才會讓祂動容。

自憐是對孤獨一種罪性的回應。如果我們覺得孤獨或想要有個伴，並不算犯罪；但是把這些感覺當成遠離神的藉口，高舉自己的需要，我們便犯了罪。

你是否經常專注於自己的痛苦，不相信神會為你預備最好的？如果答案是「是」，那麼你可能要誠實地檢視自己，是否有自憐的傾向。若是有，你可以試著做下列幾件事，解除你的自憐。首先，不要將你的快樂建築在與人比較之上。不要陷入與人爭競的遊戲中。太多人把生命浪費在追求不需要的東西，只因為他們無法忍受有些東西別人有而他們沒有。反問自己一個問題：「我的人生真的欠缺什麼嗎？還是我只是貪戀別人所擁有的呢？」

接下來，當你感覺到以前的自憐又回來了，把這樣的感覺轉個方向，讓自己能憐憫別人。找個人讓你能分享你的孤獨，並且安慰這個人。不要把焦點放在你的需要上，而要去滿足別人的需要。

最後，學著把孤單當作一個親近神的好機會。一個剛結婚的二十多歲女孩告訴我，她把孤獨的時刻視為神對她心的呼喚。她告訴我：「當我覺得孤單，我會想：『神正在呼喚我回到祂面前。』」在她孤單的時候，她學習向神傾心吐意，與神對話。現在，就算用整個世界，她也不想交換那些與神共度的親密時光。

祂洞悉萬事

保守我們的心是項重大的責任。這會在我們進行每日靈修的隱密處發生。藉著誠實的禱告與默想神的話，移除覆蓋在心上的迷戀、情慾與自憐。而且，像守泉人一樣，我們的工作不能停歇。必須「每日忠心安靜地」看守我們的心。

誠然，我們的心詭詐，但約翰一書3章20節的應許，在一切的勞苦中給了我們盼望：「神比我們的心大，一切事沒有不知道的。」神的力量可以幫助我們超越情緒的波動。而且，令人寬慰的是，祂並不是從遠處看我們受苦，對我們的軟弱搖頭嘆氣。希伯來書7章25節說：「(祂是)長遠活著，替他們祈求。」耶穌，上帝的兒子，也曾親嚐你我經歷過的孤單；而且，祂也瞭解面對試探的感覺。當我們相信祂並且忠心地保守我們的心，祂必定會幫助我們，扶持我們。

11
「不約會？你瘋了嗎？」

有人問你為何不約會時，你該怎麼辦？

有一天，我那七歲的弟弟布雷特，一五一十地告訴我說，跟他一起上主日學的蘇西很喜歡他。

我問他：「真的嗎？」

「嗯」，他語帶平靜的回答：「她把她的泰迪熊取名叫布雷特，而且還在教會裡面親它。」

「什麼？」

「然後，她也親了我一下，還要我當她的男朋友。」

「你說她什麼？」

不用說也知道，這件事在我們家掀起了一場小小的風暴。我的爸媽要布雷特不用擔心交不交女朋友的事，而且還告誡他，不該讓女生親他。

這次事件雖然有趣，但卻觸及了一項十分嚴肅的議題：被別人配對的壓力。可能你也有不同形式的類似經驗。我們都要面對從朋友、家人，或甚至是來自陌生人的壓力，迫使我們認同一般人談戀愛的文化。身邊的人都期望我們進行約會；如果我們不約會，他們便一直挑戰我們的標準，有時甚至嘲笑我們，而且總是提出很多問題。我們應該如何回應？

在這一章裡面，我想提供一些方法，讓你自信地向他人說明目前不談戀愛的抉擇。以下提出一些例子，是你們可能遇到的狀況；並提供一些原則，引導你脫離窘境。

狀況一：在學校餐廳

尚恩坐在學校餐廳裡吃午餐，要把硬掉的薯條跟飲料吃完。其他的學生慢慢離座，藍迪走了進來，用他充滿自信的招牌笑容跟尚恩打招呼。

「在做啥啊，老弟？」藍迪側身溜到尚恩桌邊。

「沒什麼。要吃薯條嗎？」

藍迪瞄了一下冷掉的薯條，回答道：「嗯，不用了。」「欸，我想知道你要帶誰去參加宴會。我要帶貞妮去。我在想，結束之後你和你的舞伴可以來我家。我媽說我們可以泡熱水池。喔，天哪，你有看過貞妮穿泳衣的樣子嗎？呦！你要不要來啊？」

「嗯，藍迪，我不知道耶，我覺得這樣不好……」

「別這樣嘛！你可以邀請美玲嘛，她現在沒有男朋友。」

「不了，我真的不想……」

「你在講什麼啊？你當然想啊。」藍迪開玩笑地一拳打在尚恩手臂上。

「聽我說，藍迪，我真的不想去參加宴會，好嗎？」

「不去？」

「嗯。對啦，我跟班恩還有安筑，要帶我妹還有幾個教會的女孩去吃晚餐，然後去我家玩益智遊戲。」

「益智遊戲？」

「對啊，拼字遊戲那種。」

「拼字遊戲？我本來可以湊合你跟美玲的，可是你竟然要跟你妹還有一群沒人要的女孩去吃飯？還要玩拼字遊戲？老弟，你難道瘋了不成？」

「她們又不是沒人要！我們只是像朋友一樣出去玩而已。你要去就跟貞妮一起去，不要因為我不去就刁難我。」

「嘿，我又沒有說你的朋友不好。但是，你想想看，上次你跟別人出門是什麼時候？—— 我指的是跟女孩去約會喔。老弟，現在行動正是時候。」

「謝謝你的好意。」尚恩諷刺地回答道，藍迪同時起身離去。

藍迪走到餐廳門口時，突然轉過頭來，對著尚恩說：「嘿，尚恩，我想到一個可以玩拼字遊戲的字了：怪胎。」

「呵呵呵，一點都不好笑。」尚恩自言自語著，藍迪的笑聲在走廊迴盪。

謙虛回應，不要動怒

如果你遇到過類似的狀況，就知道你很難不發脾氣。雖然不動怒不容易，我們仍需學習如何堅持信念，並且不對不認同我們或取笑我們的人產生怨恨。當我們告訴他人我們的看法時，必須要謹言慎行，如此，才不會落於憤世嫉俗，譏諷挖苦，或是處處提防他人。

《瘋狂》雜誌（Mad Magazine），以其不按牌理出牌的幽默以及瘋狂聞名。裡面曾經刊登一系列連載漫畫叫做「笨問題蠢答案」。顧名思義，這些漫畫的內容隱含的前提就是：如果有人問了一個很蠢的問題，他就該得到同樣愚蠢的答案。例如，裡面有一集畫了一個人，他問一個正拿著話筒講話的女生：「妳在講電話嗎？」於是那女生充滿諷刺地回了他一句：「不，我在挖耳屎。」

我之所以講到這則漫畫，是因為當別人質問我們拒絕約會的決心時，我們回答的態度絕對不能像這樣。即使別人的問題聽起來很蠢，也不要玩「笨問題蠢答案」的遊戲；而要以謙卑、榮耀基督的態度回答所有的問題。當我們表明信仰時，不要讓別人感到受到排斥，只要恪守自己的信念，並且憑愛心表明。如此一來，別人就會願意聽我們的話。所以第一個溝通的原則是：

我們要以謙卑及討神喜悅的態度，來傳達我們對約會的看法，而非矮化他人。

當我們與別人做法不同時，很容易落入防備、批評的心態。我知道有些人（恐怕我自己也是），常常自以為義、沾沾自喜地談論自己的約會標準。這樣的態度非常不對。我們依循這樣的信念，並傳達這樣的信念，為的是榮耀神、服事身邊的人；不是為了讓自己高人一等，或因而看不起別人。神恨惡驕傲與自以為義，所以跟別人討論時要避免這樣的態度。

狀況二：郃希阿姨

「橘色，鱷梨綠，金色」，薩拉沉思著：「阿姨家的每樣東西都是橘色，鱷梨色或金色」，她站在郃希阿姨的客廳裡，邊啜飲著冰紅茶邊想著，這茶杯還是老式的愛心熊系列珍藏杯呢。

正當薩拉想得出神時，郃希阿姨跟媽媽從廚房走過來。阿姨抱了抱薩拉，說：「嗯，薩拉寶貝，妳好香喔。妳哪來這麼香的香水啊？」然後，阿姨的眉頭往上揚，問她說：「是不是男生送的？」

「嗯，是啊」，薩拉撲通地坐在咖啡桌旁地板上，淘氣地逗著阿姨。

薩拉的媽媽舒服地坐在沙發上，滿臉微笑。

「到底是誰啊？」阿姨幾乎快叫出來了：「誰送你的？妳是不是有秘密不告訴我？快說是誰？」

薩拉得意的說：「是我爸！」

「喔，真會捉弄人。」阿姨邊說邊坐到媽媽身旁。「別鬧了，快點告訴我妳的愛情生活吧。」

薩拉的手撫著金色的絨布地毯，心想：「又來了。」每次跟郃希阿姨見面，都是相同的一堆問題。郃希阿姨就是不能理解為什麼有人不想約會。

「喔，郃希，不要再問了。」薩拉的媽媽趕緊解救她，「薩拉才十六歲，而且我早就告訴過妳，我跟羅柏都不喜歡她跟男孩約會。小孩子談戀愛只會惹出一堆麻煩來。而且，薩拉在教會很熱心，她也想要唸大學，沒有必要為這種事分心。」

「可是她需要一個男朋友啊！」郃希阿姨好像沒聽到媽媽說的話，繼續說著，「她長得這麼漂亮，不應該阻止她談戀愛。我告訴過妳安琦交了男朋友嗎？他是克拉克學院裡最棒的男孩喔。他們是在姊妹聯誼會一次派對上認識的，他以後要當……」郃希阿姨只要一開講，就沒有人能阻止她。要講起表姊的新任男友，可得花上半小時才可能停。

薩拉看著她媽媽，媽媽嘆了口氣，對著她微笑。

薩拉的媽媽很習慣郜希阿姨這種個性了。現在她的眼中充滿著了解與支持：「孩子，別擔心，妳是對的，別因為這樣而沮喪。」

別急於澄清

一旦決定不約會，必然會碰到像郜希阿姨這樣的人（如果你不是已經有這種親戚的話）。他們不會理會邏輯、價值觀或是聖經原則。當然，你可以跟這樣的人辯論，爭到臉紅脖子粗；最後，他們還是會堅持，你應該趕上約會的風潮。

當你與這樣的人互動時，切記以下的原則：

做你認為對的事，不需要證明別人是錯的。

別一味想成為別人眼中的好人；也別偷偷希望他們的生活會變糟，好讓你能證明自己的想法是對的。反之，要專注於遵從神的旨意；如果可以的話，也幫助其他人順服神。所以，不需要證明別人錯了，也可以繼續在神向你顯明的道路上前進。

有時候，在我與人分享我的信念時，他們還是會強烈地表達反對意見。他們與我觀念不同，那一點都沒關係。如果他們繼續沉溺於不智的交往關係，我會禱告求神憐憫他們，就像神曾憐憫我一樣。但是我不會再糾纏下去，因為當他們準備好時，神就會在他們身上動工。

通常最容易讓人信服的論點就是你的親身示範。我們要尊重別人有不認同我們的權利，同時盼望我們的例子，可以在某些方面影響他們，讓他們順服神。

狀況三：禮拜天下午的抉擇

泰勒一家人在禮拜後總是最晚離開教會，這點使他們感到自豪。大兒子保羅也已不再催爸媽回家了。所以，只要爸媽在與其他的夫妻談天，他就會跑到教會的停車場溜達，這次他看到一群朋友站在車子旁。

「嗨！保羅」，他聽到有女孩在叫他，是愛琳。

愛琳才剛加入普勒斯頓山谷聖經教會，但已經跟青少契的孩子混熟了。她很外向，充滿著活力，而且……套句不只一個男孩子說過的話，她真的是「美呆了」。

「愛琳，妳好嗎？」保羅往他們的方向走去：「你們下午要幹嘛？」

有個男孩叫他說：「保羅！我們要去華爾街比薩吃中餐，然後去河邊玩。要去嗎？」

「喔，去嘛。」愛琳抓著他的手臂。

她哀求的語氣讓保羅的心跳加速。

她靠得更近，而且還幫他整理領帶。

「泰勒先生，」她用半戲謔半嚴肅的口氣說道：「請您務必到河邊來一趟。」

「是嗎？」保羅答道，試圖讓自己看起來不慌張。

「好嘛！我告訴你，這是我的車。你可以跟我回家，等我換一下衣服，然後我們就可以跟大家一起去吃比薩。結束之後，我可以從河邊載你回家。」

他很想說好——只要是男生都會說好——可是保羅知道這樣做不對。愛琳的語氣跟動作很明顯地在暗示：她喜歡他，而且這種喜歡超過弟兄姊妹之間的情誼。愛琳知道他不約會，而她也沒有真的提出約會的邀約。但是，答應她的提議等於是踏出了錯誤的一步。保羅暫時還不想談戀愛。

保羅可以想像得到，他們倆人單獨在她家的畫面。愛琳的母親是單親媽媽，假日也要工作。這樣實在不好。而且他們兩個會一起抵達餐廳，這樣一來，其他人就會把他們當成一對。然後，愛琳還會載他回家。她很風趣，也很漂亮，但是保羅知道目前不該為這事分心。跟她一起出去會把事情弄得很複雜，而他不想玩弄她的感情。

他無奈地笑了笑：「其實我很想去，可是我爸媽喜歡我禮拜天待在家裡。而且，下午會有一些朋友要來我家，恐怕這次我沒辦法去了。」

「嗯，好吧」，愛琳稍微噘著嘴說道，然後便轉身回到那一群人中間。「那就禮拜三見了。」

「好」，保羅回答道，接著大聲喊著：「大夥好好玩啊！」一邊朝著教堂方向走去。

當時他的父母正好結束了談話。

藉口用盡時

保羅面對著進退兩難的窘境。忍受親友的輕視與嘲弄倒還好，但是要拒絕別人的邀約就太不上道了。要怎麼做才不會讓自己看起來像個隱士呢？有個女孩給了我一封電子郵件說：「救命啊！上個禮拜又推掉兩個約會。我的藉口快用光了！」

對這個女孩以及保羅來說，藉口總有不夠用的一天。他們遲早要解釋，為什麼現在不想追求愛情。

這個問題正好讓我們可以提出溝通信念的第三個原則：

溝通信念的主要目的，在於鼓勵別人，並使其成長。

這個原則意指，有些時候我們應該清楚地跟別人解釋，讓人了解我們的信念以及不約會的原因；但有些時候卻不需這麼做。我們的解釋有時確實有所幫助，能保護對方的感情，還有可能向他們提出挑戰。但有些時候我們講的道理只會讓人更困惑，還可能破壞友誼的自然發展，甚至傳遞出自己比對方清高的訊息。

那麼我們如何決定何時與人分享我們的觀點？這可不是

件容易的事，但我們卻可以學著分辨什麼時候適合討論。首先要明白，在我們的生活中，朋友關係大致可以分為兩種：一種只是點頭之交，另一種卻是有深厚情誼的朋友。當我跟某人不熟時，通常不會深入探討我對約會的看法，因為不了解我的人可能會誤解我，或覺得我太武斷。舉例來說，如果一個剛到教會的朋友問我有沒有女朋友，我會微笑對他說目前沒有。這時要是展開一場討論，探討約會的七大致命習慣，那就有點過火了。

但另一方面，我會跟親近的朋友解釋我的信念。他們都知道我不喜歡被「配對」，而且在我還沒準備好進入婚姻前，我只想交朋友。我已經跟一些朋友討論過，也把那些影響我想法的書和文章拿給他們看。不論他們是否認同我的想法，我也已經花過時間，解釋我的立場。這麼做讓我過得比較自在，而且也顧慮到他們的感受。就像有一次，我決定跟一群朋友去看電影。就在最後一分鐘，除了一位女孩說要看，其他人都決定不去了。而她因為本來就知道，我盡量避免跟女孩一對一約會，所以就打電話告訴我得改時間。她並沒有因此受傷，而且我也不必多做解釋。她相當地尊重且願意配合我的信念。

當分享的時機來到，你應該怎麼說？無論你用什麼樣的詞句，記住你的目的，不是要贏得這場辯論，也不是要說服你的聽眾。如果你的朋友認同你的信念，那真是太棒了！但你主要的目標，是謙卑地表達神向你顯明的真理，鼓勵他們，並且幫助他們成長。

當你解釋對約會的立場時，要詳述你的生活，別針對他人做普遍性的陳述。記住，你不用替別人生活，你只負責過自己的生活。集中說明神對你說過的話，謙卑且誠實地說明你是如何順服的。只要你保持這種謙卑的態度，就會發現你的聽眾願意分享他們的掙扎與問題。這樣你就有機會給予勸告及支持。

以祝福代替反擊

表明我們對約會的信念，主要動機乃是服事他人。我們希望這樣的舉動能有助於促進和平、仁愛與正義，進一步榮耀神。當我們過於重視別人對我們的評價，當我們只專注於證明自己是「對的」，就會變得處處防備且專橫跋扈。但當我們優先的考量，是向人顯明神的愛且顧慮他人的感受時，就比較容易作出明智的決定，知道該說什麼或不說什麼。

如果人們用那種「不約會？你瘋了嗎？」的眼神看你，學習用使徒保羅的心態來回應，正如他曾描述跟隨基督所受的苦楚一樣：「被人咒罵，我們就祝福；被人逼迫，我們就忍受；被人毀謗，我們就善勸。」（林前4：12-13）

聖經告訴我們，要忍受嘲弄之苦，絲毫不退縮。你曾因為人不了解你對約會的信念，而遭人鄙視嗎？別急著反擊，反而要以恩慈相待，並且求神憐憫他們，如同祂憐憫你一般。

第四部
當前要務

12

把握時間

好好運用你的單身生活

媽媽遞給我一張喜帖，並說：「珍妮和她新婚的先生邀請我們去參加喜宴。」

我驚訝地盯著喜帖和上面的結婚照。「我不相信，珍妮．雷克斯結婚了？這是不可能的事。」

「你這話什麼意思？為什麼不可能？」媽媽問我。

「我國中就喜歡她了，她怎麼可以結婚呢？」

「她遇見了一個好男人，於是結婚了，這是常有的事。」

「為什麼這事老是發生在我喜歡過的女孩身上呢？」我不禁抱怨道。

媽媽斥責我說：「你已經好些年沒有想到珍妮或和她談

話了，別突然這麼留戀過去。」

我盯著那張結婚照說：「不是啦，媽媽……」

「怎麼啦？」

「我想我的生理時鐘在敲了。」

「男生沒有生理時鐘！」

「真的嗎？」

「是的。」

「是這樣的嗎……」

滿腦子婚姻

不管你有沒有生理時鐘，也不管它是否正在敲，無可避免的，「婚姻」會悄悄地接近你。朋友的喜帖會開始如雪片般飛來，這個一度很遙遠、很難以想像的名詞，突然變得很真實。當生命到了這時刻，而周遭的人發現你仍孑然一身時，眼中便會發出想作媒的光芒，他們會自動在腦海中，將每個所認識的單身異性和你配對看看。如果你正走到生命這個階段，就會明白我的意思。

到了「適婚年齡」卻仍是單身，是很不妥當的。就算婚姻不是你心裡掛念的首要事務，卻會是你周遭人的首要要務。當我二十一歲時，我的家人就證明了這個假設。我們家的傳統是在生日當天，給壽星寫封生日信。我在二十一歲生日當天收到的信，內容讓我有些措手不及。怎麼說呢？因為我父母和弟弟在給我的信中，一直不斷提到，那個「特別的人」隨時會出現。

首先是我母親，她寫給我的內容是：「我知道當你遇見我們一直等待、禱告的那個人時，我會很捨不得放手讓你走。」

「一直等待、禱告的那個人？」我心裡想：「拜託！老媽。」我沒將她這句話放在心上，只把它當成是「想抱孫子」的一種症狀。

心裡覺得好笑之餘，我放下了母親的信，開始讀父親給我的信。整篇內容都是以父親立場所給的忠告，但結尾時又繞到了婚姻一題，他說：「如果你尚未遇到你的那個她，要有心理準備，你可能很快會遇見她。這人是神為你所預備的，因為『一個好妻子是神所賜的』。當你遇見她時，要有耐心、不要急躁，但也不可拖拖拉拉，在一年之內就結婚，然後便倚靠主來幫助你照顧她。」

這些話讓我有些難以接受。把這封信放下一會兒後，我又把它拿起來，讀了一遍。「要有心理準備，你可能很快會遇見她」？天啊！我父親從來沒有這麼嚴肅地討論過婚姻這件事，讀起來好沈重，好像大人的口吻。

接著，我打開我十二歲的弟弟兼室友約珥給我的信。他用電腦設計了這張卡片，然後用父親的彩色印表機把它印出來。我心想：「約珥應該不會也扯一些和婚姻有關的傻話吧？」結果我錯了，在信的最後一句他寫道：「我真的很珍惜和你共享一間房間的樂趣，因為我知道很快有一天，你會和另一個人共用房間。」

讀到這裡，我忍不住大笑起來。我母親在等待這個「特別的人」，禱告她的到來；父親期待我會很快遇到她；而我弟弟居然已經想到新婚之夜了。在我十幾、二十歲時，沒人和我談過婚姻這件事，但現在好像每個人都在談論這件事。如果不是很瞭解家人的話，我可能還會誤以為他們密商好，要利用結婚這件事盡快把我趕出家門呢。

現在要怎麼做呢？

雖然家人並不想催促我太早結婚，但他們的信確實讓我瞭解到，自己已跨入生命中新的一季。在這個年紀，婚姻已不再是遙不可及。因為倘若神在此時把適當的人帶進我的生命，理論上來說，我可以採取行動。

這個認知雖然讓人高興，卻也讓人很困惑。到目前為止，神尚未把這人帶到我生命中。那些已有對象的朋友們也面臨種種難題，好比如何整頓自己的財務、決定婚後要住哪裡。但至少他們知道自己該做的事，已為自己鋪設了未來的路，但我的道路卻還不明確。

如果你也走到了這個階段，也許你也會和我問同樣的問題，那就是：「是不是因為適婚年齡到了，我就應該積極尋找結婚對象？我是否應該假設自己很快就會結婚？或我有可能不婚？現在，我究竟該怎麼做呢？」

等待時也不要閒著

幸運的是，當這類問題發生時，我們可以尋求幫助。我在以弗所書中找到了指引。保羅曾寫道：「你們要謹慎行事，不要像愚昧人，要像智慧人。要愛惜光陰，因為現今的世代邪惡。」（弗5：15）另一個版本是這樣寫的：「要小心行事，不要像愚昧的人，而要有智慧，要好好把握光陰。」（弗5：15 新英王欽定本）

我母親用「等待時也不要閒著」來表達相同的意思。每當母親準備晚餐時，如果我們有人站在那裡沒事做、偷吃晚餐，母親會像足球教練一樣，以教訓球員的方式教訓我們，她會說：「不要光站著不動，等待時也不要閒著啊！」母親的意思是要我們把餐桌擺好，將買回來的東西歸類，或把碗盤放到洗碗機，總之，善用等待的時間。

母親無法忍受浪費時間，我想神也是這樣。祂將恩賜及才幹託付與我們，希望我們好好護衛、善加利用這些恩賜與才幹。神在我們身上的投資是否可以得到回報？雖然不知道自己感情生活的下一步會如何，我們仍有事要做：像是戒除壞習慣、培養好習慣、建造品格等，所以，讓我們積極行動吧！

是的，我們仍有許多疑問，不知道自己何時會結婚、會和誰結婚。但是我們不能讓那些**未知**的事，阻撓我們去做**既知**的事。什麼是我們**既知**的事呢？那就是利用**現有**的精力去讓自己更成熟、更像耶穌。這是神對每個基督徒的呼召，不管他是下週就要結婚或十年之後才結婚。

當我們將注意力集中在「把握時間」時，我們不只會善加利用每分每秒，更會善加預備自己去迎接生命的下一個階段。今日在一些小事上忠心，會為自己贏得機會，在將來擔當更大的責任。

打水給駱駝喝

舊約聖經中，利百加這個年輕女子善加利用單身生活，忠心克盡她當時應盡的義務。讓我們再讀一次她的故事，看看她如何預備自己，以及如何和未來的夫婿認識、結合，我們便可從中有所學習。故事始於亞伯拉罕派遣他最信任的老僕人回鄉，為其子以撒找尋妻子。凱薩琳・福斯（Catherine Vos）這樣敘述故事接下來的發展：

終於在旅行好幾天後，老僕人到了亞伯拉罕兄弟拿鶴所住的地方——哈蘭。哈蘭城外有一口水井。當時在乾旱地區，一整個城通常只有一口水井。每到傍晚，城裡年輕女子都會頭頂著長水瓶，到城外的水井打水。當她們到了水井旁，便會把水瓶放到井裡打水，然後再將水瓶頂回城裡給家人使用。

當亞伯拉罕的僕人來到哈蘭時，他讓駱駝跪在城外的水井旁。那時已是傍晚，是城裡女子來打水的時刻。

老僕人信靠神，因為他的旅程一路平安，終於到了亞伯拉罕叫他造訪的地方。但僕人心想：「我要怎樣才能知道，哪個女子是神為以撒所選的妻子呢？」於是，他跪在井邊地上低頭禱告說：「耶和華我主人亞伯拉罕的神啊！請幫助我。當城裡女子來這水井打水時，我會對其中一人說：『請妳拿下水瓶來，給我水喝。』她如果回答說：『請喝，我也給你的駱駝喝。』願那女子就作你所預定給你僕人以撒的妻。」

神通常在我們禱告尋求前，便已應允我們，這次也不例外。在老僕人結束禱告前，一位名叫利百加的美麗少女便已來到水井旁。老僕人心想：「會不會是她呢？」於是他跑到那女子面前說：「求妳給我喝一點瓶裡的水。」

那女子很客氣地說：「我主，請喝。我再為你的駱駝打水，叫駱駝也喝足。」然後她拿下頭上頂著的水瓶，讓老僕人飲用。之後她再把剩下的水倒入駱駝的飲水槽中。那女子一直不停打水，直到所有駱駝都喝飽了為止。

老僕人看到女子所說和所做之事，非常驚訝，一切都如他禱告所求的。難道他的禱告這麼快就應驗了嗎？當駱駝都喝足水後，他把隨身帶來的一枚貴重金環送給了利百加。另外還送了兩個漂亮的金鐲，讓她戴在手臂上。

之後老僕人問她說：「請告訴我，妳是誰的女兒？妳父親家裡有我們住宿的地方沒有？」

女子回答說：「我是拿鶴的孫女。我們家裡有足夠的地方讓你住，也有足夠的糧草給你的駱駝吃。」拿鶴是亞伯拉罕的兄弟。老僕人聽到這話，便極其高興，俯伏敬拜耶和華說：「耶和華我主人亞伯拉罕的神是應當稱頌的，祂引領我，直走到我主人的兄弟家裡。」[1]

故事接下來的發展記錄在創世記第24章裡，其中談到利百加如何在兩天內和老僕人一同回去，嫁給以撒這個她素未謀面的人。毫無疑問的，這是個很棒的故事。在那個時代，不禁令人驚奇；在今日，這個故事更令人感到驚異。就像神其他的教導一樣，這個故事讓我們學習到一個超越時間、空間的功課。

讀這個故事的目的，不是以它作為所有夫妻相遇、結合的模式，但我們可以學習利百加的態度和處事。格瑞・哈理斯（Gregg Harris）在＜現代人承擔責任的冒險＞一文中指出，這個故事的重點是「利百加之所以能夠活出神為她預定的聖潔生命，是因為她忠心克盡了當時應盡的責任。[2]」

對利百加而言，那個傍晚到水井打水，沒有什麼特別之處。她每天傍晚都要去打水，也可能打水給好幾頭駱駝喝。雖然工作內容平淡無奇，但她的動作很快，而且樂於服事他人。這些特質給予她天時、地利與適當的態度，讓神能把她和以撒許配成夫妻。

每個人都有自己該做的事，這些責任和關係，很容易被視為理所當然。如果我們夠聰明，便不會把這些責任當作是浪費時間。相反的，我們會把這些責任看成是跳板，讓自己成為神計畫的一部份，好明白祂對我們將來的意念。

現在就要練習

花些時間檢視你現在的態度。你是否花太多時間幻想婚姻，而忽略了當下為人子女、兄弟姊妹和朋友應有的責任呢？你有沒有好好把握時間，去盡神所賦予你的責任呢？

倘若我們忽略了自己現有的責任，就不能異想天開地認為，將來有一天我們會突然具備一個好丈夫、好妻子所應有的品格與美德。如果我們現在無法對自己與他人之間的關係忠實，不能在現有的關係中成長，我們便無法作好準備，去迎接未來婚姻中的忠實關係與成長。

將來某一天，我希望成為一個愛神、有良好屬靈生活的丈夫。我想要關懷餵養我的妻子，愛護她、尊敬她、保護她。那麼要如何訓練自己具備這樣的能力呢？我相信神賜我母親和姊妹，使我可以把她們當作練習對象，學習如何瞭解女性、尊敬女性。如果我今天無法愛護、服事我的母親和姊妹，我憑什麼認為自己在未來可以愛護、服事妻子呢？我現在就必須開始練習。相對的，女性也可以將父親及兄弟當成練習對象，把和生命中男性的關係當作是訓練課程，學習如何去愛、去尊敬未來的丈夫。

婚姻無法使我們變成全新的人，它只是一面鏡子，顯示出真正的自我。我們現在就必須開始練習，好成為自己將來想做的人。讓我們一起看看，在單身時有哪些方面是可以先做準備的：

練習與他人建立親近的關係。

儘管在男女關係中，我們需要避免過早的親密關係，但我們卻必須在其他關係中練習如何與他人保持親近，這要從家人開始。神賜給我們家人，去學習這門與他人分享生命的藝術。

我有一個要好的女性朋友，她瞭解到自己和父母之間的溝通習慣很不好。每次父母想要和她溝通，她就會把自己封閉起來，拒絕分享她的感受。她告訴我說：「我終於突然瞭解到，如果現在我就把親近的人都擋在門外，將來我也會這樣對待丈夫。」為了改變這情況，她現在正積極和父母建立親密關係，以開放的態度溝通。晚餐後，她不再把自己關在房裡，而開始和父母聊天。如今，她不再把父母擋在生命之外；相反的，她邀請父母進入她的生命中。這個過程一開始並不容易，但它卻能堅固目前她與他人之間的關係，教導她將來為人妻所需的技巧。

練習和他人一起尋求神。

一個新婚的朋友和我說，在結婚之前，他每天早上都有自己的獨處時間，可以好好禱告、寫日記，沒有人會打擾他。現在他必須找時間和太太一起禱告、靈修。另外，兩個人還各自需要有單獨與神共處的時間。他說：「我從來不知道協調兩個人的屬靈生活是這麼的複雜！」

我們每個人都有屬於自己和神之間的關係，這份關係是充滿活力、不斷成長的。這包含屬靈生活的自律，像是禱告、默想、查經、教導聖經及參與教會活動。但在為婚姻作預備的同時，我們也需學習和他人一起尋求神。再次強調，不要以男女關係為前提來這樣預備自己，除非我們已經做好準備，要進入以委身為前提的親密關係。儘管如此，我們仍可以和生命中其他重要的人一起尋求神。首先，你可以和家人一起尋求神，然後在教會中找一些純粹是朋友關係的人，一起尋求神。學習和他人分享神對你的教導，學習如何和他人一同禱告。誠實面對自己的弱點，祈求神賜給你一個值得信賴的人，讓你能對他負責，一同在神裡面成長。

最近我交了一群新朋友，三女一男。我們白天會一起健行，然後晚上回到我家來放鬆一下、聊聊天。其中有一個姊妹談到，神是如何教導她一些和順服有關的議題。她的見證自然而然地引領我們開始禱告，於是我們手牽著手、敬拜神，將每人的需要高舉、交給神。這不是強迫的，也不是假裝在「談論神」，讓自己看起來很屬靈的樣子，我們只是在討論生活中最重要的一件事，那就是耶穌。這例子多棒啊！真是個善用時間的好例子。我們不只學習到建立彼此，更學到了如何一起尋求神。這種能夠坦誠討論屬靈議題的能力，將來可以幫助建立我們的婚姻。

練習負起經濟責任。

我們不只要學習如何賺錢養活自己，更要學習好好運用金錢。所以現在就必須開始學習如何做預算、固定存錢和什一奉獻。

一連好幾個星期，爸媽花時間教導我和其他兩個同學如何為自己做個人預算。其中有一項作業是詳細記錄一週的所有花費。這個練習讓我們瞭解到了許多事情。我之前完全沒注意到，自己在外食上浪費了許多錢。雖然現在我仍常常外出，卻對自己一個月在外食上的花費有所限制。我有一位朋友在服飾店工作，他很驚訝地發現，每個月他都會把領來的薪水大方地貢獻給他的公司。於是他減少買衣服的預算，開始存錢、奉獻。

對單身的人來說，我們的責任沒有像已婚的人那麼多。正因如此，我們常常容易養成浪費的習慣。我們必須確定自己所養成的花錢習慣，將來不會危及自己的婚姻，更重要的是不會浪費神所給的資源。

除了學習如何做預算、讓收支平衡、支付汽車保險和其他保險之外，我們也要建立自己的金錢哲學。神希望我們追尋什麼樣的生活形態呢？祂對金錢和財產有什麼看法呢？若是不回答這些問題，它們有可能會為婚姻帶來很大的壓力。我們也有可能會窮畢生之力，追求錯誤的事物，進而造成更大的遺憾。

藍帝·愛爾康（Randy Alcorn）寫了一本書，叫做《金錢、財產和永恆》，對我助益良多。另外，賴瑞·波凱特（Larry Burkett）也寫了很多好書和研讀指引，談到有關理財的實際議題，內容有很多都是針對青壯年的人而寫的。

練習如何當父母。

孩子不是婚姻具備的風險之一；相反的，他們是獎賞。學習當一個好父母開始於單身時期。現在我們就可以從經驗豐富的人身上學習，開始練習好父母應有的品格，將來可以作為孩子的榜樣。

我們可以利用現有人際關係來預備自己。神賜給我五個弟妹，年紀從兩歲到十三歲不等。雖然父母親和大哥是完全不同的兩個角色，我仍然可以開始練習把時間花在弟妹身上，學習扮演父母親的角色，盡我最大之力，引領他們朝著敬虔前進，並讓他們融入我參與的活動中。我曾練習過如何換尿布，也曾餵哺我的弟妹，幫他們洗澡、更衣。在這樣的練習中，我領略了一點點做父母的責任和喜樂。

不管你是否有弟妹，現在就要開始找機會練習。我們家有一個朋友名叫珍芮，她啟發了我，因為她很嚴肅地預備自己未來成為母親。她是家中最小的孩子，從來沒有機會和比她小的孩子相處。為了要彌補這個缺失，她自願免費幫助一個有七個小孩的媽媽照顧小孩。一星期中，她會抽出一天造訪這個家庭，學習處理家中瑣事，包括幫忙看顧小孩、煮飯、洗衣和打掃。

要預備自己做個好父母，還有一個很重要的部分，那就是觀察好父母的行事方法。你的父母可能很好，也可能不好。如果你的父母不好，就要在教會中尋找好父母作為學習典範。有個朋友和我說，他會尋找自己想仿效的父親，並花時間和他們在一起。他會詢問自己下列問題：「這些敬虔的父親如何處理孩子的管教問題？如何教導孩子？」雖然這樣的學習得不到大學學分，但我知道當有一天他成為爸爸時，在面對這個男性生命中最大的挑戰時，這一切都不會白費力氣。

練習實用的生活技巧。

何謂實用的生活技巧呢？只要請爸媽把維持家務的工作交給你，讓你去買東西、擬菜單和煮飯，不消幾個月，你很快便會了解到什麼是實用的生活技巧。

雖然這些技巧聽起來沒有多了不起，對於持家卻非常重要。我們沒有藉口在這方面不做好準備。最好的準備就是實際去做。從幾年前開始，我母親把家裡買菜的責任交給我。每一星期，我得準備一次晚餐。剛開始時，我所準備的晚餐不都很好吃，但我卻一直有進步。

儘管我在廚房方面的功力大增，但對「持家」這個工作，卻還沒有完全準備好，我相信你也有不足的地方，讓我們一起加強這些部分。如果你不知道從何開始，把你的家人或教會中敬虔的弟兄姊妹找來，坐下來好好談談，請他們列出一些持家的必備條件，接著把這些要點記下來，訂出計畫，讓自己熟能生巧。

婚姻不是終點

也許我引起了你的共鳴，也許你也能想到幾個善用時間的好方法，讓自己能夠自信地說，你正使用單身生活來榮耀神。那麼今天你可以採取些什麼行動呢？

如果婚姻是神為我們所預備的路，那麼我們可以積極選擇一些方法，幫助自己做好準備。但必須記住，做這些準備的真正原因究竟為何。作好進入婚姻的準備只是一項副產品，真正的目標是為了長大成熟，越來越像基督。雖然婚姻不是必要的，但培養更像基督的特質卻是絕對必要的。我們每個人都要培養愛、謙卑、耐心、寬恕和責任感等特質。

單身的人若要成為好管家，就要培養婚姻所需的技巧，但婚姻並不是終點。統計數字顯示，我們多數的人最後仍會結婚。但我們要確保，善用時間是為了榮耀神，而不是藉此獲得幼女童軍積分，求神賞賜給你婚姻。不管未來神對我們的計畫為何，我們都要預備自己，培養自己的品格，讓自己變得更柔韌、更能為神所用。生理時鐘若要敲，就讓它去敲吧。讓我們好好把握今天！

13
你準備好作犧牲了嗎？

對婚姻有實際且合乎聖經的期待

高中時有一年，我經營了一家小型攝影公司，名叫「聖道婚禮攝影公司」，專門製作婚禮錄影帶。這份工作是個有趣的賺錢方式。

一對未婚夫妻先和我簽合約，為他們的婚禮錄影，讓他們能夠記得這個特殊日子的每個細節。婚禮當天，我會拖著攝影機、燈光、三角架及製造特殊音效的道具，提早幾個小時到達教堂。然後花上一整天的時間錄影，或者該說是不斷地介入每一個值得紀念的時刻。鏡頭錄下了伴娘們討論著如何幫新娘帶頭紗的細節，透過鏡頭，我看到新郎和伴郎的緊張談話。婚禮進行中，我錄下了婚禮的音樂、點蠟燭儀式和交換誓約的那一刻。然後在最適當時，將鏡頭帶近，錄下了新郎、新娘擁吻的那一幕。

然後在茶會時，我把婚禮中客人吃開胃菜、喝水果酒及吃薄荷喜糖的樣子都拍下來，化為永恆。當然，我不會錯過切蛋糕、丟新娘捧花和吊襪帶的儀式，還有婚禮的最後一刻，賓客向新婚夫婦丟灑鳥食，將他們送入在一旁等候的禮車，然後看著車子開走。（甚至有一對新人叫我跟到機場，拍下他們登上飛機，前往夏威夷的情景，那時新娘還穿著婚紗，新郎仍穿著燕尾服。）

但我的工作在婚禮結束之後，才算真正開始。當新人們享受蜜月時，我卻要花上好幾天的時間，盯著電視螢幕，把好幾個小時的連續鏡頭剪接成一支總長六十分鐘、看不出破綻的錄影帶。我剪掉了婚禮中混亂出岔的場面，好讓每個細節看起來完美無瑕。

如果你看了那些錄影帶，而不知道我做過快轉和接合，你可能誤以為婚禮進行地相當順利。你不會知道，新娘的母親和姊妹，曾為了新娘頭紗該戴在哪兒而爭執不休；更不會知道，新郎的燕尾服在婚禮前一刻才送到，或是某個小姪子把手伸進了水果酒裡。在剪接完成的錄影帶中，每件事都進行地很自然。新娘、新郎看起來就像是電影明星一樣，演出著屬於他們的電影，婚禮背景中的輕音樂，讓一切感覺起來像是童話故事一般。

一切都很美好、很浪漫，但卻不真實。

剪接過的婚姻

遺憾的是，許多年輕人對婚姻的看法，就像我以前製作過的婚禮錄影帶一樣，非常有限與不切實際。這些人認為，婚姻生活是稱心如意及充滿刺激的。婚姻中一成不變的那一面，都被小心地剪輯掉了。

有個朋友曾告訴我，她同宿舍裡的女孩常花上數小時翻閱婚紗雜誌，挑選婚紗和伴娘服，不斷比較各式各樣的訂婚戒指。當她知道女孩們花了這麼多的精力和注意力在這件事上，她不禁感到惱怒，因為這些事在婚姻中的地位實在是微不足道。蓋瑞和貝絲・魯古奇（Gary and Betsy Ricucci）在兩人合著的書《愛是永不止息》（Love that Lasts）中提到：「婚姻不只是結婚儀式而已。婚禮是一件大事，但婚姻是一個持續的狀態。婚姻不只是一輩子一次的事，而是一生的承諾，需要不斷的發展與維持。[1]」我們只能希望這些女孩會想一想，婚禮**過後**要做的事情。她們準備好要如何發展和維持婚姻了嗎？

把婚姻濃縮到這樣小的層面，並不是女孩的專利。男孩對婚姻也有不成熟的看法。我很不好意思承認，自己也有這樣的掙扎，容易把婚姻和性劃上等號。當想像到自己結了婚時，我幾乎立刻就想到和妻子上床的景象，好像這是已婚的人唯一會做的事一樣。的確，夫妻當然有性生活，對這件在婚姻中很重要的事有所期待，也沒什麼不對，但我的期望不該僅是如此。如果我認為性是婚姻的主要和最終目的，將來我可能沒有做好準備就結婚了，然後一定會因此而失望。也許我已經準備好了享受婚姻帶來的溫存，但是否也準備好要為婚姻犧牲了呢？

你呢？是不是也只專注在婚姻的一個小層面上，而忽略了其他部分？還是你看到的是婚姻的完整面？你預備好要接受婚姻所帶來的一切了嗎？

嚴肅地去思考

身為單身男女，我們面對一件很重要的功課，那就是針對神設立婚姻的目的和計畫，去培養一個平衡且合乎聖經教導的看法。有一篇古老的婚禮證道文說，婚姻並不是「一種隨便且放縱的舉動，只為了滿足男性的肉慾和喜好而已。相反的，婚姻應是心存恭敬、慎重其事、思考周密、神智清醒、存敬畏神的心，適切地考慮兩人聯姻之動機的舉動。」

我們該如何看待婚姻呢？根據上面那一段證道文，我們應該以恭敬、慎重、思考周密和清醒的態度來看待婚姻。上述這些含意深遠的詞語，給了我們一個生動且廣博的婚姻觀。**恭敬**是指「一種懷有畏懼的深厚敬意」；**慎重**是「能明辨是非或有絕佳的判斷力」；做事能**思考周密**意指「謹慎地思考」；以**清醒**的態度處理事情則指的是「保持客觀，不受情感、刺激或偏見的影響」。

但我們是否也採取這樣的態度呢？答案多半是否定的。我聽過有人贊成某對新人的結合，只因為他們認為這兩個人所生的小孩應該會很漂亮。這種看法可能也很正確，所以若有人真的為了這原因而結婚，也沒什麼不對。但是如果我們重視的是這個，那麼很明顯的，我們並沒有重視婚姻。我們必須丟掉這種輕率的想法，因為婚姻不是遊戲，也不是「成人的畢業舞會」，當最稱頭的情侶不是最重要的事。

相反的，我們應該澆一盆現實的冷水，讓自己清醒一下。要去瞭解神對婚姻的目的，還有婚姻所帶來的責任。幸運的是，在聖經中，神很清楚地告訴我們這兩個答案。魯古奇夫婦在《永不止息的愛》一書中談到：「當你讀聖經時，會讓你很驚訝的是，你不用讀太久，就會對神如何看待婚姻這個最神聖且重要的關係感到震驚。」蓋瑞和貝絲在書中繼續勾勒出神對婚姻的看法。他們同意讓我引用他們回答「何謂婚姻」的那一部份（我已將其稍做修改，以適用於單身者）。

婚姻是神建立的第一個制度（創2：22-24）。它的制定遠早於家庭、政府，甚至教會。

婚姻描繪出耶穌和教會之間的超自然結合（弗

5：31-32）。神採用一些類比來描述祂和我們之間的關係，其中最美的便是婚姻。去領會這層深意，會讓你感到無比鼓舞且份外清醒。他人應該在看到我們的婚姻時這麼說：「原來教會應該是這樣子的！這就是跟耶穌建立關係的意思嗎？」

神希望在丈夫和妻子之間培養一種豐盛且無條件的愛，就像祂對我們的愛一樣。婚姻是極大的奧秘，是神為祂的榮耀所設立的。

婚姻是神所揀選、用以終結成全時間的大事（啟19：7）。神至少用了兩千年的時間來做準備，預備在末世時，榮耀祂的兒子。重要的是，神的安排不是羔羊的加冕儀式或畢業典禮，而是婚宴。神為什麼選擇用婚姻呢？因為婚姻所代表的合一與親密是其他事物沒有的。神為耶穌所作的最好安排，便是在婚禮上將明亮動人的新婦介紹出場。難怪我們看到新娘踏上紅毯，會那麼感動。婚姻是神聖、美妙的禮物。將來有一天，我們必須對如何管理這份恩賜負起責任。

婚姻是要被尊重的（來13：4）。增訂版聖經對這條經文的解釋甚為詳細，經文解釋說婚姻應被視為極具價值、無比珍貴、價值連城、格外珍視之物。也就是說，我們必須要小心，不容許任何羞辱或輕視婚姻的想法存在。

當我（蓋瑞）去雜貨店買牛奶、麵包時，通常會買花給貝絲。有一次買東西結帳時，店員開玩笑地說：「怎麼回事啊？妻管嚴嗎？」其實我大可以跟他哈拉一番、說說笑笑，但我想要他知道婚姻對我的重要性。那是一個機會，可以挑戰他對婚姻的錯誤想法，能在他心裡灑下希望的種子，讓他知道婚姻有無窮的潛力。於是我用踏實中肯的態度回答他：「不，我只是很愛我太太罷了。」

你未來的伴侶是以神的形象所造，而你的婚姻關係也將非常神聖。

魯古奇夫婦還提到，我們應該要「利用每個機會來捍衛婚姻的神聖性。」雖然他們的建議是針對已婚的人，我認為單身的人也同樣可以捍衛婚姻的神聖性。

要怎麼做呢？稍早，我講到有一個朋友，她室友們對婚姻的看法只限於訂婚戒指和結婚禮服。在那情況下，我朋友應該要如何捍衛婚姻的神聖性呢？她不用潑那些女孩子冷水、減少她們對婚禮的熱衷，因為每個女孩都有權利盼望這個大日子。但她可以溫和地提醒那些女孩，想想婚姻生活的其他重要層面。她可以提出一些問題，像是「妳們將來準備如何教養小孩？和先生之間要如何保持溝通？」這類問題可以鼓勵我們對婚姻有適當及平衡的看法。

以我來說，下回當我的男性朋友們開始討論婚姻，認為它只是性生活的同義詞時，只要我把自己的心態調整好，就可以挑戰他們那種狹隘和不成熟的想法。雖然同是單身，我還是可以幫助自己和他人對婚姻有更寬廣的看法，拒絕貶低婚姻的態度與言詞，拒絕減損神給婚姻的尊貴地位。

你可以做些什麼，鼓勵他人尊重婚姻呢？

婚姻的嚴酷考驗

魯古奇夫婦所談的最後一點，值得我們特別注意。他們在書中寫到：

> **婚姻是一個煉淨的過程**。每個婚姻都會有衝突，當兩人之間發生問題時，怪罪另一個人總是比較簡單的解決之道。其中有人可能會說：「如果每當天氣這麼熱時，你都會開冷氣，那我就不會生氣了。」但實際上，不是你的配偶使你犯罪，他只是顯出了你心中隱藏的事物。神給你許多結婚禮物，其中最好的就是你的配偶，他們就像為你打造的連身鏡一樣。如果神在禮物上附了卡片的話，祂可能會這樣寫：「恭喜你！這面鏡子會幫助你發現真正的自我。」

遠遠地看婚姻，單身的人只會看到婚姻生活的光芒，也只想到這光芒能使他們溫暖。婚姻的確能使人溫暖，但我們卻忘記了，神不只要用婚姻的火光使我們得安慰，也要用它來熬煉潔淨我們，讓我們不再自私、犯罪。我們只想在婚姻的火堆旁烤手取暖，神卻要把我們扔進火堆裡！

我不要你以為婚姻只會讓人痛苦、不安（我不相信婚姻會是這樣），但婚姻也不是無盡的快樂和個人滿足。若我們沒有這種認知，那麼婚姻會讓我們感到很不好受。麥克・梅森（Mike Mason）在《比翼雙飛》（The Mystery of Marriage）一書中寫到：「事實上，神聖的婚約，就和一切神聖的律例一樣，並非為懶人而設的舒適站；相反的，應該是夫妻學習克己自制、完全捨己的系統課程。……婚姻……是個毅然決然的抉擇行動……這一步是個激烈的轉變，任何人若沒有準備好，或無心放下自己的意志，全心順服另一個人的意志，就不夠格。[2]」（中譯本由校園出版）

我們必須盡快打消任何自私的念頭，以為可從婚姻中得到什麼，卻不想想你可以為婚姻付出什麼。

白日夢中的小字印刷

對於經營婚姻所需的付出，專欄意見作家安・蘭德（Ann Landers）曾給過一些很有建設性的忠告。有位讀者感嘆許多女孩對婚姻不切實際的看法，用懇求的口吻問安說：「妳為什麼不據實以告呢？」安的回答是：

> 我已經對全國的女性據實以告，上從阿拉斯加的安哥拉治，下到德州的阿馬里諾。
> 我告訴她們婚姻是快樂的。
> 困難的是兩個人接下來如何共同生活。
> 我告訴她們一個好的婚姻不會從天上掉下來，
> 好的婚姻需要努力。
> 婚姻不是兒戲，需要勇氣與成熟度。
> 婚姻讓男孩女孩蛻變為男人女人。
> 婚姻每天都受到考驗，考驗雙方能否彼此妥協。
> 婚姻的維持需要智慧，要知道什麼該爭取、什麼該反對、什麼該觸及。
> 婚姻是給予，更重要的是饒恕。
> 而這些角色似乎總是落在妻子身上。
> 而且這還不夠，妻子們還必須遺忘她們曾經饒恕過的事。
> 這常常是最困難的部份。
> 是的，這些事我全已據實相告。
> 如果她們還是不懂這番話，是因為她們不想明白。
> 過度樂觀看待事情的人不會想讀文件上印刷細小的附屬細則。[3]

在我們的婚姻白日夢中，常常忘記婚姻實際上是一個激烈的行進方向；我們常看到的是令人神往的大標題，卻疏忽了這份文件上要求嚴苛的小字印刷。那行小字究竟寫了些什麼？它寫道，一個好的婚姻需要努力、耐心、自律、犧牲和順服。一個成功的婚姻需要「勇氣和成熟度」，還要加上瞭解聖經所載神對婚姻的目的與計畫。只有在培養這些品格和修養後，我們才能盡到該盡的責任，體驗婚姻真正的喜樂和滿足。

要有勇氣回答

在這章結束前，我想對年輕男士們提出一個挑戰。之前，安蘭德給年輕女性的建議，是要她們從孩子氣的夢想中醒來，瞭解婚姻需要努力。但下面這首藍娜·拉薩普（Lena Lathrop）的詩是特別為男士所寫的，名為＜一位女性的疑問＞。我每次讀這首詩，總會心生警惕。藍娜的詩讓我知道自己的不成熟，讓我停下來想想要如何像個男人，以正確方式對待女性。這首詩的某些措辭也許過時，但傳達的信息卻不受時空限制。

你可知道你所求的，
是受造之物中最為昂貴的？
你要的是一個女子的心、
她的生命和珍貴的愛。

你可知道你像小孩要求玩具，
索討著一樣無價之寶？
你莽莽撞撞所求的，
卻是別人願以生命換取的。

你列出我應盡的責任，
以男人的態度質詢我。
現在你要站在我女性的靈魂門外，
直到我向你詢問。

你總希望羊肉熱騰騰，
衣衫、襪子不破洞。
我卻希望你的心像神所造的星一樣真摯，
你的靈魂像天國一樣純淨。

你要的是一個好廚師，幫你燒羊烤牛。
我要的卻不只如此。
你要的是一個裁縫女工，為你縫衣補襪。
我要的卻是一個男人、一個君王。

這個君王統治的美麗國度叫做「家」。
當造物主看到這男人時，
會如祂初造你時一樣稱道：

「這一切甚好。」

我現在雖然年輕漂亮，
但玫瑰般膚色會從這臉頰漸漸褪去。
當葉子紛紛掉落時，
你是否仍舊愛我，如五月花開時分？

你的心是否如大海般熱烈、真誠？
讓我能夠投入你的浪潮？
深情女子在成為新婦時便可知，
她將進入天堂或地獄。

我所求即偉大及真實之一切，
是男人所能成為的一切。
若你給我一切，
我情願以生命為賭注成全你所願。

若你恕難從命，
就用小錢雇個洗衣婦及廚娘
但女子的心與生命
可沒那麼容易贏取。[4]

對正在讀這本書的女性們，我求神讓這首詩提醒妳們，持守自己的標準，要求「偉大及真實」之一切。在考慮婚姻時，不要降低妳的標準，任何一個叫妳降低標準的男人，都不值得妳把時間花在他身上。

至於男士們，我們也有該做的事，不是嗎？我盼望所有男性都能夠真正瞭解，女性的愛是最珍貴的無價之寶。邀請一位女性與你共度此生不是一件小事，也不是遊戲。願我們都成為正直的男性，讓我們的心都能像大海一樣「強烈、真誠」，好為自己掙得去提出這種要求的權利。只有到那時候，我們才能站在女性靈魂的門外，請她們讓我們進去。

14

當你們五十歲時

人生伴侶最重要的人格特質和態度

當我思考婚姻的永恆時，不斷想到一個問題：「一個妻子應該具備什麼特質呢？」也許當你考慮和一個很特別的人共度此生時，也會想到這個問題。什麼樣個性的人會是你的完美伴侶呢？

當我想到這個問題時，我知道答案必然包括許多深層、內在的特質。但在日常生活中，我發現自己還是很難不注意那些比較膚淺的事。比如說，我看到一個可愛女孩走進來，判斷力就全不見了。你知道有多少次我曾像個傻瓜，無法自拔地迷戀上某個女孩，只因她很迷人、很漂亮？答案是數不清多少次了。

為了醫治自己這種傾向，我設計了一個小遊戲。當我遇見一個女孩，覺得自己可能會因為她的外表而過度著迷時，我便試著想像她五十歲時的樣子（如果這個女孩剛好和她母親走在一起，我便不需要太豐富的想像力）。她現在也許年輕、美麗，但當年華老去時，又會怎樣呢？她是否有任何內在美可以吸引我呢？吸引我的是她所散發出來的品格，抑或是她穿著了過度暴露的夏裝，讓我注意到她的健康膚色呢？如果今天我是被她的女性曲線所吸引，那麼在增添了妊娠紋和體重後，她的靈魂深處是否仍有可以吸引我的地方呢？

持久的事物

在思考婚姻伴侶的重要特質時，我們必須要超越一些表面事物，像是外表、服裝及對方在人前的表現。神說：「因為耶和華不像人看人，人是看外貌，耶和華是看內心」（撒上16：7）。箴言31章30節告訴我們：「豔麗是虛假的，美容是虛浮的……」。同一句經文也告訴我們說，值得神稱讚的是那些「敬畏耶和華」的人。

我們太容易注重外表，但神要我們注意那些可以持久的特質。要想明智地選擇婚姻伴侶，就必須要思考一個人最基本的特質和態度。

在這一章中，我們要看一看婚姻伴侶須有的品格和態度。然而，在這樣做的同時，我們也要自問：「我是不是也培養了這些特質和態度呢？」讓我們保有自我檢視的謙虛態度，不只要注意如何「找尋」正確的對象，更要使自己「成為」別人的正確對象。

品格

藍帝・愛爾康（Randy Alcorn）曾如此說道：「品格是當你置身於黑暗中，除了神沒有別人看見你時所展現的那個你。每個人在朋友或觀眾面前都能表現出最好的一面。但赤裸裸站在神面前，以真面目示人那種感覺是完全不同的。[1]」一個人的真實品格，不是那個人想要傳達的形象，也不是他外在的名聲，而是要以他過去和未來會做的決定來定義這個人。

要瞭解一個人的品格，需要真正的智慧和時間。威廉・戴維斯（William Davis）這樣寫道：「你的名聲，只要花一小時就可知道，但你的品格卻可能要花上一年才能看出來。[2]」

來瞧瞧眞正的品格

我們要如何評估他人的品格呢？要如何超越外表、名聲，去真正了解另一個人？

當我們評估他人（和自己）的品格時，要小心觀察三個部分：他和神之間的關係、他如何對待他人及他如何律己。這三個部分就像是三扇窗，讓我們能夠了解他人的品格。薩米爾・史邁爾（Samuel Smiles）曾寫道：「從小縫隙能窺日頭，同樣地，從小事上也能看出一個人的品格。的確，一個人的品格存在於小小的善行中。[3]」

讓我們一起看看，有哪些「小事情」能讓我們更瞭解他人的品格。

1、他和神的關係如何

一個人和神之間的關係是這個人生命中最重要的關係。當這關係出了問題時，其他關係也會出問題。聖經說得很明白，基督徒不該考慮和非基督徒結婚。經上說：「你們和不信的原不相配，不要同負一軛。」（林後6：14）你和將來的結婚對象，都必須和耶穌建立一個充滿動力、持續成長的個人關係。所以關鍵不只在於「你和未來的結婚對象是否都已得救？」而是要問：「你們兩個是不是都愛耶穌？是不是都能把神看得比對方更重要？」

大衛・寶利森（David Powlison）和晏約翰（John Yenchko）寫道：「聖經中存在諸多美妙的反合性真理，其中一個例子是，如果你愛伴侶勝過一切，你最後會變得自私、畏懼、充滿苦毒和幻滅。但如果你愛耶穌勝過一切，便會真正去愛、去欣賞你的伴侶，這樣的人才會是一個結婚的好對象。[4]」

有一次我和兩個基督徒姊妹談到男女關係，她們說當男孩把注意力放在耶穌身上，這個特點便是他們的最大魅力。我朋友莎拉說：「當一個人很愛主時，很容易可以看得出來。當他談到對主的愛時，你可以清楚看出他沒有因妳而對主分心。」

潔咪也附和著說：「一點也不錯，我一點也不喜歡那些費盡心思去討好女孩的男孩，他們讓我覺得噁心。」

在你仍是單身時，要尋找那個全心全意追求神、把神看得比一切都重要的人。不但如此，更要讓自己成為那樣的人。別擔心要如何吸引異性的注意力。相反的，你要努力討神喜悅、榮耀神。這樣做時，你便會吸引那些和你有著相同優先考量的人。

2、他和別人的關係如何

了解一個人品格的第二扇窗是他和別人之間的關係。看看這個可能成為你伴侶的人（及你自己）和以下這些人的關係如何。

在上位的人。你可能的配偶如何和在上位的人相處？當他不同意權柄，像是老闆或牧師的意見時，是否仍能尊敬他們？一個無法恪守尊卑順序的人，可能無法在一個工作久待，或無法在必要時聽從牧師的指正。倘若一個女孩無法尊敬老師或教練的權威，便無法順從丈夫。所以我們不但要找尋、更要努力讓自己成為尊敬神所賜的權柄的人。

父母。你可能曾聽過這個至理名言：「一個男人對待他母親的方式，便是他將來對待妻子的方式。」這是真的，這句話也可以應用在女孩和父親的相處方式上。我不是指如果某人和父母關係不好，他的婚姻就不會幸福，因為靠著神的恩典，我們能克服舊有的模式。但我們真的要問：「如果他不能用愛、溫柔對待他的母親，又如何相信他會用愛和溫柔來對待身為妻子的我呢？」或者是「若她不尊敬父親，將來她又是否可能尊敬作丈夫的我呢？」

別忘了還要評估你自己。你和父母的關係如何？你能否改善和父母間的相處之道，以便知道將來如何尊敬你的配偶？如果你真想知道這些問題的答案，去問問你的父母，看看他們對你們親子之間的相處有何看法。

異性。真正的友誼和調情是截然不同的，要學習辨別這兩者，因為沒有人會和花心大蘿蔔或花痴結婚。男士們，如果有個女孩像個花蝴蝶一樣，在男孩間飛來飛去，總是需要男性的注意，你真認為婚姻會突然改變她的個性嗎？同樣地，女士們會想要嫁給眼睛一天到晚亂瞄其他女孩的人嗎？你呢？在友誼和調情的尺度上，你的定位在哪裡？你需要改變對異性的態度和行為嗎？

朋友。對一個人來說，朋友是真正能夠影響和改變他的人。有關這個議題，重要的不是他**如何**和朋友相處，而是他**有什麼樣**的朋友。陶恕（A. W. Tozer）的觀察是：「有個道德法則叫做物以類聚。要看出一個人的品格，就看一個人在可以自由選擇時，他願意去哪裡，這是個近乎絕對正確的指標。[5]」

你想結婚的對象有什麼樣的密友呢？他們的做事方式如何？重視些什麼？如果他們沈迷於玩樂，生活糜爛，那麼和他們一起消磨時間的人，可能會追求類似的東西。你的朋友是怎樣的人呢？你所交的朋友，是否在你和神的關係中扮演了鼓勵者的角色？或者是使你遠離神呢？不要低估了朋友對塑造你品格的影響力。

3、自律

了解一個人品格的第三扇窗是他如何自律、管理自己的生活。夏綠蒂・梅森（Charlotte Mason）寫道：「很多習慣是天生的。[6]」那些我們不經思考便去做的事，顯示了我們的品格。

說到「習慣」這個話題時，我們必須把罪惡的習慣、討人厭的習慣或不好的習慣做個區分。每個人都有一些習慣，在他人看來是很蠢或惹人嫌的。我父親啃玉米的方式常讓媽媽非常生氣；他啃玉米的方式就像是打字機，喜歡一排排地去啃。這也許不是最好的餐桌禮儀，但也不是罪惡的習慣。我們不該過份在乎這一類的事，而是要審視可能的未來伴侶（及我們自己）是否有一些對神不順服的習慣，是否在內心深處對他人毫不在乎？

以下這些習慣可讓我們知道一個人的品格。你也要好好注意自己在這些方面的行事。

他如何利用時間。我曾聽過伊莉沙白・艾略特的演講，她提到，吉姆・艾略特剛開始最吸引她的一點，是他會利用在餐廳排隊的時間背誦聖經經文。這一點讓伊莉沙白知道他很有效率，且非常自律。

一個人對閒暇時間的安排，能讓我們了解他所重視的事物。他是否呆坐電視機前打發閒暇時間？還是會利用時間充實自己，與他人建立關係？或是很容易被其他事分心？要找尋一個會善用時間的人，也要讓自己成為這樣的人。

他如何處理金錢。看一個人處理金錢的方式可以算是觀察一個人品格的最佳指標。我朋友安迪十九歲生日時，叫大家送他錢，但錢不是給他自己，而是全數捐給了某基督教團體的市中心貧民區事工。安迪對物質的態度證明他是一個充滿同情心與愛心，且極為慷慨的人。這項行為顯示出他較重視永恆的東西，而非物質的享受。

你正在觀察的人（和你自己）是不是只把注意力放在服飾、車子或其他物質上？他在花錢之前會不會深思熟慮？還是想到就花、甚至非常浪費？一個人的花錢方式可以顯示出他負責任的程度。

他如何照顧自己的身體。我們不能將一個人無法控制的事，像是身高、身材或體重，怪罪到他身上，我們也不該過度注重外表。但我們可從一個人如何照顧自己身體，看出他的品格。

首先要看看這個人如何打扮自己。一個穿著暴露的女孩，也許很能吸引男人的注意，但什麼樣的想法會讓一個人穿成這樣？當一個男孩把錢花在最新流行的事物上，也許看起來會很酷，但迷戀時尚很可能代表他過度重視別人的眼光（這麼一來，他可能會在金錢上作錯誤的決定）。

還有，這個人如何照顧自己的身體？他（她）的飲食習慣是否可以自律？是否有固定、合理的計畫來保持身體健康？神希望我們好好照顧自己，有健康的身體，以便更有效率地服事祂。但這並不代表我們應該過度沉迷運動，一個過度沉迷舉重的人和一個完全不運動的人，都是不平衡的。

評估自己在這方面的表現，你的成績如何？你是否仍有待改進？

態度所造成的影響

選擇伴侶時，態度是第二個必要條件。態度代表一個人的優勢，反映出一個人如何看待人生並加以回應。對基督徒而言，態度包含的不只是正面的想法而已；一個敬虔的態度還包括以神為中心、奠基於聖經的想法，一心一意從神的角度看待自己、他人及周遭的環境。

以下是敬虔態度的幾個主要表達方式：

1、樂於順服神。在尋找伴侶時，要找一個會聆聽神的聲音，毫不遲疑地照著神的指示去行的對象。那個人應該有像大衛王的態度，會對神說：「我急忙遵守你的命令，並不遲延。」（詩119：60）擁有樂意順服神的態度，便是承認耶穌在他生命中的各個領域作主。你喜歡的這個人，是否持續地追求更多順服於神？是否努力改掉壞習慣？是否隨從今世的文化？抑或是試著去抗拒這種文化？是否努力讓自己更有基督的樣式？

在你的生命中，是否正努力培養順服的態度？你永遠不可能達到完美或找到一個真正完美的伴侶，因為我們都是罪人。但當人擁有願意順服神話語的態度時，就會越發敬虔，臻至成熟。

2、謙卑。一個態度謙卑的人，會先想到他人的需要。聖經說：「凡事不可結黨，不可貪圖虛浮的榮耀；只要存心謙卑，各人看別人比自己強。」（腓2：3）你正在觀察的這個人，是否將他人的需要擺在自己之前？注意一些小事情。他在籃球場上的行為如何？即使在競爭中，他是否仍尋求服事他人的機會？當家中發生衝突時，她會如何處理？是急著怪罪別人，還是會謙卑地承認自己也有錯，然後一起尋求解決之道？那你又是如何處理這些情況的呢？

我最尊敬我父親的一點是，他非常願意在母親和家人面前謙卑認錯。如果他說了重話或粗魯對待我們時，他會毫不猶豫請求我們的原諒。這不是每個人都做得到的。

一對夫妻維持婚姻，靠的不是永不犯錯，而是要維持謙卑的態度來使其婚姻堅固，謙卑使他們願意快快承認自己的罪，把另一個人擺在第一，請求他（她）的原諒。

3、孜孜不倦。不要以工作論斷他人，但要注意他工作的態度。孜孜不倦的態度代表這個人願意接受任何工作，並且全力以赴。比爾・班奈特（Bill Bennett）曾寫道：「工作不是我們**賴以維生**的事物，而是我們生活的一部份。工作的相反詞不是消遣、玩樂或享受，而是無所事事、浪費生命。[7]」

箴言31章17節描述一位才德的婦人：「她以能力束腰，使膀臂有力。」（當然，孜孜不倦對兩性來說都很重要）。你所要找尋的人應該有積極的態度，把生命投注在重要的事物上。你自己也要努力培養這種態度。

4、抱持滿足與盼望。一個擁有滿足與凡事盼望的人，承認神在各種景況中都掌權。這是一種源自於信仰、凡事仰望主的樂觀，這種態度意識到神的恩典，並滿懷感謝，而不專注在需要解決的問題上。

對你正在觀察的那個人和你自己，有幾個重要的問題可以問。他嘴上掛著的是抱怨，還是讚美？他總喜歡吹毛求疵，還是經常鼓勵他人？他對自己所處的情況感到毫無盼望，還是他持續信靠神的信實？

希爾牧師（Reverend E. V. Hill）剛結婚時，他和太太珍妮便面臨了財務困境。由於先前他不明智地投資了一間加油站，結果生意失敗，手頭變得很緊。根據杜布森博士（Dr. Dobson）的回憶，希爾牧師曾在他太太的葬禮上分享過這樣的一個故事[8]。

在投資加油站失敗後不久，有一天希爾牧師回家時，發現家裡一片漆黑。打開門後，他看見珍妮為兩人準備了一頓燭光晚餐。

他以慣有的幽默問：「這麼大費周章是為了什麼啊？」

珍妮回答說：「因為我們今天要吃燭光晚餐。」

他覺得這想法不錯，於是去浴室洗手準備吃飯。但他無法開啟浴室的燈，於是摸索進了臥室去開另一盞燈，結果房內仍是一片漆黑。這位年輕牧師回到飯廳，詢問妻子為什麼家裡沒電。一問之下，珍妮便哭了起來。

珍妮說：「你工作真的很努力，我們也很盡力。但日子好難過，我沒足夠的錢付電費。因為不想讓你知道這件事，所以我想在燭光下進餐。」

希爾博士在轉述這些話時，幾乎按捺不住情緒。「她原本大可以和我說：『我從來沒碰過這種情況，我自小在富裕家庭長大，家裡的電從來沒被剪過。』她大可以說出一番傷我心的話，把我毀了，讓我意志消沈。但

她沒有這麼說，她說的是：『不管怎樣，我們一定可以復電，今晚就一塊兒吃頓燭光晚餐吧。』」

每次讀到這故事，我都很感動。希爾夫人的樂觀及願意與丈夫共患難的精神，正是我自己希望擁有，且在禱告中殷切期盼神給我未來伴侶的兩種特質。我要找一個會在黑暗中點起一盞燭光，而不是只會咒罵黑暗的人。

懸崖

我和大家分享這些特質與態度，是希望藉此澄清，在挑選另一半時，什麼才是最重要的，而自己是否仍有需要改進之處。我們不該利用上述的特質來苛責異性，或者把它們當做不結婚的藉口。在我們談到的上述各方面，沒有人可以絕對完美。對那些想要找到完美對象的人，班哲明．提烈（Benjamin Tillett）有一句妙語：「對堅持要找到完美女性才肯結婚的男性，求神幫助他；在他找到這個完美女人後，他將需要更多神的幫助。[9]」

我們永遠無法找到完美伴侶。因為若真有這樣的人，我們憑什麼認為他們會想和不完美的我們結婚呢？富蘭克林（Benjamin Franklin）曾說過：「結婚前，眼睛要放亮，但結婚後，就得睜一隻眼、閉一隻眼了。[10]」婚姻需要信靠神的供應。此外，還要願意原諒一切的不完美。求神賜憐憫，讓我們能對他人的缺點「睜一隻眼、閉一隻眼」。

有個年輕人曾寄給我一封電子郵件，談到對婚姻的畏懼，他說：「我要如何才能在婚前足夠瞭解一個人，知道她最適合我？感覺上，結婚就像跳下懸崖一樣。」就某方面來說，他是對的。婚姻確實是信心的一步，但它並不是盲目的縱身一跳，而是對未見之事有信心所跨出的一步。

我的牧師麥哈尼（C. J. Mahaney）說過一個有趣的故事。在他的婚禮尚未開始前，他伸手去握未來岳父的手說：「謝謝你信任我，把女兒交給我。」他岳父回答說：「我信任的不是你，」他停頓很久之後接著說：「是神。」這位父親的信任放對了地方。

我們不能信任自己，也無法完全認識我們想要結婚的對象，但我們可以信任神，引導我們做出正確的決定，幫助我們貫徹自己所做的決定。

眞正的美

身為單身漢，我正努力建造敬虔的品格，培養正確的態度。當我觀察周遭的女孩時，會把眼睛放得很亮。是的，我仍玩著那個小遊戲，不時問自己：「五十歲時，重要的是什麼？」這個問題讓我不只注意隨即飛逝的年輕貌美，更能專注於品格和態度這些必要的擇偶考量。

如果這些女孩知道我的小遊戲，不知會怎麼想？但話說回來，誰知道她們在看著我時，是不是也想像著我五十歲時的模樣。這想法還挺嚇人的！

總有一天，在我殷切期盼、不住禱告的那一天來到時，我會遇見一個女孩。當我想像她五十歲的模樣時，她會比年輕時更加美麗。歲月不會帶走她的美麗，只會使她更迷人、更成熟。因為對一個敬畏神的女人來說，她內在的力量來自神生命的泉源，時間只會加增她的美麗。當然，在她臉上會留下歲月的痕跡，但使她雙眼發出亮光的靈魂，將依舊充滿年輕朝氣、活力四射。這是我想要學會去愛慕的特質。

我常在想，當我遇見她時，會怎麼做呢？我不確定自己會說些什麼，也許我會向她跪下，請求她和我共度餘生，相伴到老。我們可以一起看著自己的肉體慢慢衰殘，一起等候主賜予復活身體的那日。

當我在婚禮上親吻她時，我會為我年輕的妻子歡喜，但我會在她耳邊細語：「我迫不及待要看妳五十歲的樣子了。」

15

戀愛規則

從友誼過渡到婚姻的指導原則

直到現在，傑森和雪莉仍會為了兩人究竟何時「第一次見面」而爭論。有一次，週四晚間校園查經班結束後，傑森主動向雪莉作自我介紹。

他伸手向雪莉打招呼時，說了一句：「妳好！我叫傑森，看過妳好幾次，但還沒機會認識妳。」

這個有著深色頭髮的女孩微笑著回答：「我是雪莉，事實上我們見過面，只是你不記得罷了。」

傑森有些難為情地說：「不可能的！妳確定？」

雪莉客氣地笑著說：「我很確定。那是今年初春的時候。有個星期天你坐在我前面，有人簡短地介紹我們認識。

沒關係的，我的大眾臉不太容易記住。」

傑森抗議道：「不可能的！如果我們見過，我一定會記得。」

這個有趣的小爭執為兩人往後的友誼揭開了序幕。之後，每當傑森看到雪莉，便會走到她面前說：「嗨！妳好。我是傑森，以前沒見過妳。」這個對話總讓兩人會心一笑。

接下來幾個月，傑森和雪莉越來越認識彼此。因為有相同的朋友，所以他們常在做完禮拜後，和一大群朋友到沙里餐廳喝咖啡。這群大學生往往一待就好幾個小時，就著一杯杯的咖啡談天說笑。傑森注意到雪莉每次都喝茶，而他注意的還不只這個，他逐漸發現雪莉的內在品格。她很安靜，但真有話要說時，她的看法都很有見地、很有內容。雪莉知道何時該玩，何時該嚴肅。在教會中，傑森總看到她在幫助或服事他人。週日時，她志願幫忙照顧教會裡的小朋友。在學校團契中，許多姊妹都會找雪莉談心，徵詢她的意見。

雪莉也在悄悄觀察傑森，她注意到他總是面帶微笑及對人很友善，不管這些人是否受歡迎或能否給他回報。另外，讓雪莉印象深刻的是，傑森和神之間有真實的關係，那不只是作給別人看而已。雪莉很高興他們可以用弟兄姊妹的身份相處。

雪莉喜歡傑森這個朋友。他們將來有沒有可能更進一步呢？雪莉決定暫時不去想這個問題。

然而雪莉並不知道，傑森正為了這問題憂煩不已，至少他花了很多時間來思考這個問題。隨著越來越認識雪莉，傑森開始在自己列的「未來妻子品格表」中，勾選雪莉符合的特質。傑森發現自己常在白天想到雪莉，常希望趕快見到她。有天晚上，他翻來覆去睡不著，於是他向神禱告說：「主啊！我似乎沒辦法停止想她，她身上有一切我想要的特質。我下一步到底該怎麼做呢？」

沒有公式

當你覺得遇見了你想嫁娶的對象時，該怎麼做呢？友誼雖然很棒，但要如何更進一步呢？要怎樣更進一步認識這個特別的人呢？

聖經沒有為我們提供一個通用公式，教我們從友誼階段進入到婚姻，因為每個人的人生都大相逕庭，每個人的處境都是獨一無二的；而我們的神創意無窮，不至於只給一種戀愛公式。神用各式各樣的方式把男女湊在一起，這就像雪花一樣，沒有兩片雪花的圖案是一模一樣的。但也正如一片雪花獨特的圖案，需要靠特定的溫度和凝結方式來形成，一段榮耀神的戀愛關係，也惟有靠採取敬虔的模式和原則才能達成。

在這一章中，我想勾勒出一種進行交往的新模式，幫助我們避免約會經常產生的一些問題。我提出的這幾個階段，既非解決這些問題的萬靈丹，也不是培養感情的唯一方法。但我相信它們可以幫助我們培養一段敬虔的戀愛關係。這幾個階段分別是：**普通朋友階段、好朋友階段、有目的卻不逾矩的親密關係階段以及訂婚階段。**

我們先檢視幾項有益的原則，它們可以引導我們在交往關係中，回答「現在該怎麼辦？」這個問題。在此同時，我們會看到榮耀神的四個戀愛階段如何進行。第一個原則適用於第一個階段。

1、謹記你在關係中所負的責任。

想像你隻身在空無一人的沙漠中開車，前方只有一望無際的平坦路面。你知道這輛車跑得很快，但你不知道到底可以開到多快，你想試試看。反正沒人會看見，何不放手一試呢？於是你把車子換到高檔，一路奔馳。

現在換個場景，想像你坐在車裡，這次旁邊坐了一位好友，四周不再是無人沙漠，而是置身繁忙的城市裡，周圍盡是車輛和行人。然後你眼角的餘光瞄到一部警車，這時的你完全不敢想要開快車，於是便小心翼翼、緩慢向前驅車。

這兩個場景有何不同？它們的不同點在於，在第一幕中，你自己獨自一人，不用為別人擔心。但在第二幕裡，你置身於一段關係當中。你不再是獨自一人，你對他人負有責任。如果你撞了車，就得為乘客負責。你的魯莽也會危及車子四周的摩托車騎士。最後，警察的存在也提醒你應該遵守交通規則，所以你開得很慢。

同樣的原則也適用於戀愛關係。如果你一開始就只想到自己，只想知道「她喜歡我嗎？這個人能否成為一個好伴侶？」那麼你進入一段關係的速度便太過快速，很有可能會撞到旁邊的人。但如果你記得自己的行動會影響到他人，那麼你便會當機立斷，定意以小心謹慎的方式進行。

每當你受到某人的吸引時，要謹記的是，你身處於三種關係之中：你和這個人的關係、你和周遭的人的關係（包括朋友和家人），最重要的是你和神的關係。你對他們都有責任。

自我對話

當我發現自己喜歡上某個女孩時，我會努力記著我對這三種關係所負的責任。一開始受到吸引時，我很難保持頭腦清醒。我必須馬上提醒自己所負的責任，於是我常和自己有下列這樣的對話。

「約書亞，你和這女孩有什麼樣的關係？」

「她是在基督裡的姊妹，根據聖經教導，我該以絕對的貞潔待她。」

「沒錯！她不只是一個漂亮女孩，也不只是可能的妻子人選而已！」

「對，她是神的孩子，神對她有個計畫，正在塑造她成為一個特別的人。」

「既然如此，你對她有什麼責任呢？」

「我的責任就是，不讓自己妨礙神在她身上的工作。我應該鼓勵她，把注意力放在神身上、倚靠神。」

「嗯，不錯。那你第二個要負責任的對象是誰呢？」

「第二，我要對我周圍的人負責。」

「比如說……」

「像是教會的人、會觀察這段關係的非基督徒，甚至是我小弟，他會觀察我和女孩之間的互動。」

「你為何顧慮別人的看法？」

「我有責任維持教會的和諧，也有責任向外邦人顯明出耶穌的愛，更有責任為其他的基督徒建立一個典範。」

「最重要的是你對神負有責任，對嗎？」

「沒錯，我有責任行事純正，像耶穌一樣服事人以及愛鄰舍如同自己。」

上述的問題可以幫助我們，從一開始就有正確的想法；此外它們也能決定，某一段關係究竟是榮耀神，抑或只是滿足自己。要避免約會模式存在的典型缺陷，我們必須停止把自己視為「宇宙的中心」，以為別人都繞著我們的需要打轉。在一段關係開始前，我們需要好好審視自己對各種關係所負的責任，以便冷靜下來。

2、先追求更深一層的友誼（第二階段）

有一年春天，我四歲的妹妹因為看到剛剛冒出土的花，而興奮不已，於是馬上摘了一把尚未開花的花苞，驕傲地拿給媽媽看。母親對妹妹的焦急感到失望，她對妹妹說：「妳太早摘了，這些花如果開了，會更漂亮。」

在交往關係中，我們也常犯這種焦急的錯誤。我們不願等待友誼開花結果，反而匆促地進入戀愛關係。焦急不但讓單身的我們失去領略友誼之美的機會，更讓未來的婚姻關係建立在不穩定的基礎之上。一段穩固的婚姻關係，必須建立在友誼這個堅固的基礎上，因為友誼能培養互相敬重、彼此欣賞的態度和深厚的情誼。

當我們發現自己喜歡某人時，首要之務是建立更深厚的友誼。人們常以為一對一的戀愛關係，會自動讓兩個人更親密、更了解彼此，但事情不見得如此。雖然戀愛關係可能比較刺激，但也可能導致錯覺和癡迷，模糊了對他人品格的認知。不要忘記，一旦我們開始談戀愛、放了感情，我們的客觀看法會逐漸消失。正因如此，在開始戀愛前，我們需要和自己喜歡的人先發展更深厚的友誼。

加深友誼的活動

首先，男女應該更認識彼此，獲得正確、沒有偏見的觀點，去了解彼此真正的個性。這要怎麼達成呢？第一，不要改變兩人的相處模式，特意製造獨處的機會。而要找尋機會，讓對方進入你的真實生活中。找一些活動把彼此拉入對方的生活中，認識彼此的家庭、朋友、工作，讓彼此參與教會或其他場所的服事。

對傑森而言，因為他主修西班牙文，他一個月有一個週日，在一所西班牙語教會幫忙作翻譯。所以傑森邀請雪莉一起去那間教會，這讓雪莉有機會看到傑森對西班牙語和西班牙裔人民的熱愛。另外有一次，雪莉請傑森幫她一起教兒童主日學。雖然在這兩次的活動中，他們都在群體中，但傑森和雪莉卻都因此更了解彼此，也加深了友誼。

需要避免的事

當友誼滋長時，要避免一些表達愛戀的話語及動作。在發展更深一層的友誼時，不適合討論你們將來是否會在一起，而要利用這段時間更加認識彼此，學習如何在教會中一起服事神，聽從神的引導。不要自以為是的去調情、暗示對彼此的好感。不要鼓勵朋友們把你們說成或看成一對情侶。當他人這麼做時，你只要邀請他們加入你們的活動，就可避免被別人特意當成一對。

若要克制自己不過早表達情感，需要耐心和自制，但這麼做是值得的。在雅歌8章4節中，女子說：「我囑咐你們，不要驚動、不要叫醒我所親愛的，等他自己情願。」《威克里夫聖經注釋》（The Wycliffe Bible Commentary）這麼解釋：「在良機來臨前，不要將愛喚醒，因為若不小心護衛愛情，便很可能造成人心的憂傷，而非應有的喜樂。[1]」箴言29章20節說：「你見言語急躁的人嗎？愚昧人比他更有指望。」在你的交往關係中，不要因為嘴巴太快而讓自己當了傻瓜。如果你正在追求更深一層的友誼，對方一定會知道你對她有好感。但若把這些感覺化為字句，通常會在時機成熟前，就「把愛喚醒了」。

如果你認真想想就會明白，我們會讓自己的感覺脫口而出，通常是出於自私，而不是為了要造就另一個人的生命。我們想知道對方是否也有相同的感覺，無法忍受不去知道對方的想法。這種自私心態不但可能毀了這段剛開始的脆弱關係，若這份感覺後來有所變化，我們更會覺得自己像個傻瓜。當你現在決定等待，暫時不表達這份情感，以後你絕對不會後悔。

3、觀察、等待、禱告

「想不想一塊喝咖啡？」這是雪莉和母親的暗語，真正的意思是：「我們需要好好來場母女對話。」她母親很高興能和女兒一起到星巴克咖啡廳，輕啜著覆盆子摩卡咖啡，聽雪莉暢談對傑森的感覺及心中的諸多疑問。他對她有何感覺？是否只把她當成好朋友？如果他想要的不只是友誼怎麼辦？她能夠想像兩個人在一起、結婚的模樣嗎？

在雪莉談話的同時，咖啡不知不覺冷了。在她說累了、自問自答了許多問題後，母親溫和地提醒她，把心交在神手裡。然後，母親給了她一些實際的建議，母親覺得最好在家中安排一些聚會，邀請一些朋友，這樣她和雪莉的爸爸就有機會在比較輕鬆、沒有壓力的氣氛下認識傑森。雪莉喜歡這個想法，於是兩人在禱告中結束了這次的「咖啡時間」。

當交往關係中的兩個人開始思考，是否應比友誼更進一步時，這是最讓人迷惑的時刻之一。雖然每一對情侶適合更進一步的時候都不同，但我們都可以從耐心等候中獲益。明智的做法是多花一些時間，以朋友身份去認識另一個人，尋求神的引導。

傑森不像雪莉那麼幸運，有家人在身旁，他隻身在外地求學，雙親離異。所以傑森寫信給舅舅，他是一位虔誠的基督徒。傑森寫了一封長達九頁的信，信中清楚描述了雪莉，並尋求舅舅的意見。詹姆士舅舅一直都很照顧傑森，扮演了良師的角色。傑森問舅舅說：「我這想法是不是瘋了？」舅舅一週後撥電話給傑森，一起為這事禱告。另外，舅舅還問了傑森一些很難回答的問題，像是傑森是否已準備好照顧妻子？有沒有和牧師談過這事？他是被雪莉的外表或品格所吸引？最後，舅舅鼓勵傑森再等一個月，好好觀察雪莉。舅舅說：「你不用急，如果這是神的旨意，時機成熟時，一切就會自然發生，等待對你無害。」

如果你想和某一個特定的男孩或女孩發展更深一層的友誼，你要在禱告中等候神的引導，並求助於幾位值得信賴及年長的基督徒，最好包括你的雙親、基督徒輔導和其他值得信賴的基督徒。請這些人一同為這件事禱告，邀請他們監督這段關係，指出在你和喜歡的人身上的一些盲點。

應提出的問題

在這段觀察和等待的時間裡，男女都需要反問自己一些嚴肅的問題，像是「基於我倆作朋友時我對這個人的觀察，我會不會考慮和他（她）結婚？我是否已經做好準備，要把友誼提升到尋求婚姻的關係？」

很明顯的，這些問題都很嚴肅。然而，男女約會造成的問題，多數都是因為人們看待這些問題時過於輕忽。結果，人們所交往的對象是他們根本不考慮嫁娶的人，追求戀愛關係純粹是為了享樂，而非已經準備好要委身。要避免「約會心態」所導致的問題，只有透過等待神，並且決定除非看到「四個綠燈」，否則不追求戀愛關係。

第一個綠燈：神的話

從聖經來看，婚姻是不是神為你和喜歡的人所準備的路呢？神設立了婚姻，但也為婚姻定下了界限。舉例來說，如果你喜歡的人不是基督徒或信仰有問題，那你就該停止。聖經也警告我們，有些服事比較適合單身的人，也許這項真理可以應用在神對你的計畫上。在更進一步交往前，先從神的話語中尋求引導。

第二個綠燈：爲婚姻做好準備

對於第十三章中所談到的婚姻生活，你是否有一個平衡且務實的期盼呢？你知道身為丈夫或妻子的責任嗎？你是否已經準備好要負這些責任了呢？身為單身者，你的靈命是否夠成熟、情緒是否夠穩定，是否因此能做出一輩子的承諾？你的經濟狀況是否穩定？在繼續這段交往關係之前，你必須誠實回答這類的問題。

第三個綠燈：雙親、監護人、基督徒輔導與虔誠基督徒朋友的贊同和支持

如果你覺得自己已做好結婚的準備，但認識你及愛你的人都不同意，你應該重新考慮一下。這些關心你的人，會用客觀角度來看你，你需要他們的智慧和觀點。當然這不是說父母和其他的顧問永遠不會犯錯，但如果沒有他們的支持和祝福，我們最好避免繼續這段關係。

第四個綠燈：神的平安

最後，行在神旨意中而感受到的平安是無可取代的。當你向神禱告、跟父母及其他基督徒朋友提起婚姻這件事時，他們覺得這是個好主意嗎？還是一提起這件事就充滿緊張和疑懼呢？我不是要你憑感覺來做這個重大的決定，但一段關係的持續與否，你的感覺是另一個指標。往往只有前三個綠燈都亮了，你才會感受到來自神的平安。

4、確認交往關係的目的：追求婚姻（第三階段）

假設四個綠燈都亮了，接下來你要清楚定義這段關係的目的和方向。

你還記得約會的第一個致命習慣嗎？「約會讓人感到親密，但不一定讓人願意委身」。我再聲明一次，有許多約會關係都因為缺乏明確的目的而曖昧不明，連那些認真的約會關係也不例外。這類關係進退兩難，陷在晦暗不明的情況中，卡在娛樂性的約會關係和訂婚之間。雙方都不確定對方到底在想什麼？「我們約會只是為了好玩？還是認真的？我們對彼此有何承諾？」我們要避免這種渾沌不清的狀態，而這需要雙方誠實並鼓起勇氣去面對。

男士們要特別注意第四項原則。因為我相信在兩性關係中，該由男性「採取第一步」。請不要誤認為這是大男人主義作祟。男士們，我們不該在男女關係上作威作福，因為這與聖經所記載的恰恰相反。聖經要基督徒丈夫效法基督僕人的樣式，去善待妻子。聖經清楚指出男性在婚姻中擔任屬靈領袖的重要性（弗5：23-25），而我相信在交往關係的這個階段，這種領導角色就該開始。我曾問過的女孩，不管是不是基督徒，都同意這個看法。她們希望男性採取主動，為彼此的關係提供一個方向。

所以這到底該怎麼做呢？我想男士們應該要這樣說：「我們的友誼日益加深，我必須把我的動機講清楚說明白。如果妳父母贊成的話，我希望能夠以婚姻為前提來交往。我對一般的男女遊戲沒興趣，我已經準備好要接受考驗，不管這考驗是來自妳、妳的父母，還是妳的長輩。我想要贏得妳的芳心。」

你可能會這麼想：「但是，這好嚴肅喔。」是的，這確實是件嚴肅的事。一個女人的心和未來是萬萬不能兒戲的。這也是為什麼當一段關係到了該決定繼續或停止時，如果男方態度模糊、拖拖拉拉，他會受到譴責。當時機成熟時，男士們就應該要勇敢、大膽。但遺憾的是，男性常常缺乏這種態度，我們忘了什麼叫做騎士精神。我們在尚未準備好委身前，就開始談戀愛，等到應該委身時，又猶豫不決，而這態度只會傷害女性。這種態度應該停止了，該是我們長大的時候了。

在這個時刻，女孩們也有責任。當男方對妳坦白他們的想法時，妳要誠實地做出回應。有時候，誠實代表妳必須要有勇氣拒絕，不要讓關係更進一步。但如果妳也看到了四個綠燈，那麼就該誠實說：「我也準備好了要考驗你，並接受你的考驗。」在這件事上男女雙方都有責任。男性要努力贏得妳的情愛，同時妳也在接受試驗。妳是否已經準備好，要讓這個特別的男人更貼近妳的心，並且接受他家人的考驗呢？

這些都是重大的問題，不是嗎？但為了不讓交往關係渾沌不清、方向不明或產生不當的親密關係，我們必須反問自己這些問題並加以回答。

5、尊榮她的父母

在傑森的故事中，他的目標是結婚，雪莉是第二個知道這個目標的人。在傑森多花了一些時間了解雪莉和禱告清楚後，傑森覺得有把握，可以採取下一步。但在採取行動前，他決定要表示他對雪莉父母的尊重。於是他先徵詢了雪莉父母的允許，希望以婚姻為前提，和他們的女兒培養更進一步的關係。

我個人也打算這麼做。我認為這是和未來姻親開始建立關係的最好方式，但我知道並不是人人都可以這麼做。我認識的男性中，有些人先徵求女方的意見，然後才告訴對方的父母。另外一些情況是有些人父母不在身旁，或並不關心孩子這方面的需要。但不管情況如何，有個很重要的原則：男方必須表達他對女方長輩的尊重。如果這意謂著要去見女方的教會牧師或祖父，那就去吧！如果這表示你得寫信、打電話、寄電子郵件給她遠在地球另一邊的父母，就去做吧！要給予他們應得的尊重，不論你要花多少力氣。

考驗你自己

在這個時刻，讓女方父母問你一些尖銳的問題。你要怎樣養活他們的女兒？你會怎麼做，以期達到牽著她的手、踏上紅毯的目標？每對父母所提出的問題，會因他們和女兒的關係與其自身的信念而有所不同。遺憾的是，大多數的父母並不在乎這件事。如果你這樣做，那些父母可能會認為你太做作或太嚴肅了。他們也許會說：「如果你想和我女兒約會，就去啊。」但當交往關係到了這個令人興奮的階段時，仍有許多父母會很興奮地提供他們的意見和忠告。

女方父母也許對於你們的交往或交往的時機有特別的顧慮。我認識一位父親，他質疑那個對他女兒有意思的男孩，屬靈成熟度不夠。那時，那個男孩才剛剛回到神面前，而且四個月前才剛和另一個女孩解除婚約。這位父親叫那個男孩退後一步，希望他用接下來的幾個月來證明他的誠意。結果，這個男孩用了錯誤的方式證明他自己。他拒絕尊重這位父親的要求，試圖背著女孩的父母，繼續和女孩約會。最後那個女孩告訴他，她不想和他有進一步的關係。

不管對方父母對你有何反應，要謙虛地傾聽他們的心聲、尊重他們。你這樣做，神會賜福給你。要記得，他們在女兒身上投注了很多的心血，而且，神把他們放在她生命中，是為了要保護她。不要嘗試去挑戰他們的權威；相反的，要順服他們，從他們的智慧中獲益。

6、在真實生活中試驗並建立你們的關係

你們的關係現在進入一個非常令人興奮的階段。這個階段在目前的交往模式中已漸漸消失。在這個階段中，男孩要贏得女孩的心，兩人要一同考驗自己是否有足夠的智慧進入婚姻。在這段時間中，男女要培養親密感，但不同於許多約會關係中的親密感，這種親密感是有目標的。

在更進一步的友誼和訂婚之間，我們增加了一個過渡性的階段，叫做「有原則的戀愛」。這樣做不僅是為了享受戀愛的樂趣而已。「有原則的戀愛」目的在尋求進入婚姻，保護兩人避免性的誘惑，且需要向父母或其他基督徒作交代。

在這個階段，男女雙方有特別的目標和責任。在這個贏得芳心和接受考驗的階段裡，我朋友杰夫和丹妮．麥爾決定要做一些讓他們可以服事他人和一起學習的活動。雖然他們仍有獨處時間，但大多數的時間還是花在和家人、朋友的相處上。他們會和父母一起外出，也為教會裡其他夫婦準備晚餐。

把戀愛帶回家

遺憾的是，現今世代的男女約會模式似乎把戀愛和家庭溫暖、現實生活完全分開。在很多例子中，人們在約會時，往往把最了解和愛他們的人摒除在外，而不是將兩家人結合在一起。婚後，他們會發現雙方家庭的支持與關心是很寶貴的，而現在正是強化這些關係的時機。

在這個階段裡，父母的支持與引導是無價的。有一個家庭為他們的女兒和其追求者寫了以下的指導方針[2]。雖然這些指導方針是針對那對情侶及當時的情況而寫的，我想它們可以幫助你釐清這個階段應有的目標與焦點。

第一、溫斯頓要建立美樂蒂對他的信任。

第二、兩人要開始建立親密關係，談論許多議題，討論彼此的感覺、顧慮、願景、希望與夢想，要知道對方基本的信念。

第三、試著了解彼此，了解男女之間的不同，各自扮演的角色與目標，兩個人對生命的看法與過生活的方式。

第四、試著了解彼此重視及討厭的事。

第五、開始為彼此禱告、服事彼此、送禮物給彼此，像是寫信、打電話或送花。

第六、多花時間和彼此的家人在一起，當然也應該獨處，一起散步、一同盪鞦韆。要注意避免「約會心態」，這個階段的你們應該彼此學習和溝通。

就算父母沒有參與你這部份的生活，這類的指導方針仍能幫助你追求一段有原則的交往關係。這些有智慧的原則讓愛自然發生，藉著為男女交往訂下規範，來保護這個讓愛滋長的過程。在你的交往關係裡，用有創意的方式將注意力放在彼此學習、接受考驗和一同成長上，而不只陶醉在愛戀中。這樣做會讓你們更真實地認識彼此，並對婚姻做出最明智的決定。

決定共度一生

這個彼此考驗和贏得芳心的階段要維持多久呢？只要雙方覺得有足夠信心踏入婚姻，便可告一段落。當一切的觀察、禱告、思考和討論都結束時，這個時刻就來臨了。然後就是所謂的「求婚」（第四階段）。到了這個時候，求婚會自然發生，但它仍該是個特別的時刻。

很明顯的，倘若在彼此考驗的階段中，兩人對是否該結婚產生疑問和顧慮時，他們應該暫停關係的發展，甚至中止這段關係。但如果你們兩個人對彼此的愛都很有信心，而雙方家長也都支持這段關係，那就沒有理由不訂婚或接著開始籌備婚禮了。

7、保留熱情到結婚

最後，在榮耀神的交往關係中，要對肌膚之親設定清楚的原則。在這裡，我只能重申第六章的內容：貞潔是一種方向，而不像我們以為的，是一條分界線，當我們跨過它，就「越界」了。那萌芽綻放的愛情何等美妙，而你靈魂的敵人卻亟欲玷污它，引導你走上情慾和妥協之路。請不要給牠任何的立足點。

我喜歡伊莉沙白・艾略特給情侶的忠告：「不可亂碰人家的身子，切記要衣衫整齊。[3]」在結婚前，不要以為對方的身子是屬於自己的。今日約會關係中常見的親吻、碰觸與愛撫，經常導致混亂和妥協。這種行為通常是出於自私，它喚醒了只有婚姻中才能合法滿足的慾望。保護彼此，拒絕這些行為，把熱情保留到婚姻中。

我個人承諾自己在婚前不親吻異性。我想要在結婚當天，第一次親吻我的新娘。我知道很多人認為這想法很落伍，而說實在的，四年前的我也會很不屑這種想法。但我現在很清楚，若沒有婚姻的貞潔和委身，肉體的親密關係是罪惡且毫無意義的。

把焦點放在靈魂上

延緩肉體親密關係雖然很困難，但卻能讓你把焦點放在未來伴侶的靈魂上。有對夫妻曾告訴我他們的格言：「一旦肉體關係開始發展，深入了解彼此的過程便開始停滯。」也就是說，當兩個人開始把注意力放在肉體層面時，屬靈和感情生活的發展就停止了。你要對神、父母、基督徒輔導、朋友和未來的伴侶作出承諾，讓自己的情慾沉睡，儲存你的慾望，直等到結婚之後。在那適當的時機，你的慾望會帶著喜悅甦醒的。

要持守這種承諾，就必須避免容易受誘惑的狀況。但這不表示兩人永遠不能獨處。然而情侶們不用完全避開父母和朋友，也可以享受兩人的獨處時光。當你們安排兩人單獨活動時，要確定你已妥當安排時間，避免集中注意力在肉體上或營造讓人想入非非的氣氛，告訴他人你們的去處和回家的時間。

要謹記，當你延緩性愛關係的發展，便是在儲存熱情，使得屬於婚姻的性關係更具意義。不要讓現階段的焦急，奪去了婚姻中純淨熾熱的性愛關係。

讓聖靈引導你們

上述討論的新模式只是勾勒出一個輪廓。任何情侶只要存心，還是可以曲解這個模式，只達到它的最低要求。但我相信如果情侶這樣做的話，他們會失去機會，無法經驗神最美好的安排。聖經告訴我們：「聖靈所結的果子就是：仁愛、喜樂、和平、忍耐、恩慈、良善、信實、溫柔、節制」（加5：22-23）。當我們在邁向婚姻的旅程中，有聖靈引導時，我們的交往關係也會展現上述的特徵。

把交往關係分成**普通朋友階段、好朋友階段、有目的卻不逾矩的親密關係階段和訂婚階段**，不可能解決世人在交往時所遭遇的所有問題。（只要牽涉到你我這樣的罪人，我們總能把事情搞砸！）但這個模式可以幫助我們以更安全、更明智的方式邁向婚姻。對那些有心委身於取悅神及真誠愛人的人來說，我希望這個新模式能夠使現代愛情故事中的貞潔、勇氣與真愛得到更新，這時代需要這樣的更新。我鼓勵你，遵守榮耀神的兩性關係原則，創造一個屬於你自己、舉世無雙的愛情故事。尋求神為你和未來伴侶所預備的最佳計畫，我保證你絕對不會後悔。

16

自己的故事

編織一個將來會引以為傲的愛情故事

聆聽一對已婚夫妻訴說他們真實、完整的愛情故事，是最浪漫不過的事了。若能聽到你父母的愛情故事，那才真是榮幸呢！

我從小就常聽到父母相遇、相戀、結婚的故事。家中相本的立可拍相片，讓我彷彿看到他們最初吸引對方的情景。在我心裏，我悄悄回到過去，觀察這個改變他們兩人命運的重要時刻。

俄亥俄州達頓市不像是浪漫愛情故事會發生的地點。父親總說達頓市是飛機和自動啟動器的發源地。他常開玩笑說這些東西讓人們能以最快的速度離開這城市。儘管父親這樣幽默地形容這城市，一九七三年時，它卻成為我父母愛情故事的舞台。

時光倒流，我回到一九七三年，我決定造訪父母當時去的教會。第一浸信會位於楓葉街和山脊路交叉口，在舊有傳統中混雜了一群愛耶穌的任性年輕人，我父母當時都是其中的一份子。教堂旁有間老房子，它的地下室是一間咖啡屋，我在裡面找了位子坐下來。當時他們管它叫「巨石」，高中生和大學生都常來這裏。在房間角落的凳子上，坐了一個身穿褪色牛仔褲和T恤的年輕人，彈著吉他、唱著歌，他就是我父親。

他有著一頭散亂長髮，看到他削瘦的模樣，我不禁微笑起來。當然，那時的他就有小鬍子了。我心裏想：「有些事永遠也不會改變。」

他唱的歌簡單卻感情豐富。後來他把這首歌命名為「三條弦與真理」。我以前聽過這首歌，但那是個較年長的人吟唱的思鄉之歌，他常唱到一半問道：「接下來怎麼唱？」現在置身這間咖啡屋，聽到這個和我年齡相近的人彈唱這首曲子，我被它深深吸引。

時候將到，就在眼前。
人人都得離去。
我們將在白色大寶座前相遇。
有人將對一切茫然不知。

我忘了年輕時的父親，也面對了一個未知與混淆的世界。這時的他才剛回到神身邊，也剛回到達頓市。過去幾年，他在各個度假勝地遊走，從拉古拿海灘、太浩湖到微爾，在餐廳彈唱換取小費。而現在這個一度搭便車到處流浪的年輕人，卻為耶穌而彈吉他。許多人好奇他到底會不會有出息（結果是肯定的）。

我母親今晚也來到這裡。看到母親的少女模樣，感覺有點奇怪，但我仍無法將目光從她身上移開。即使這麼年輕，她便已流露長久以來我所熟悉的獨特氣質。她看起來是那麼地不同，卻又那麼熟悉。難怪父親會深深愛上她。我注意到當父親在彈吉他時，那女孩很快地看了一眼，裝作一副不太在乎的樣子。

這時的母親才剛成為基督徒一年，有點倔強、相當獨立。十九歲的她是一個極具天份的芭蕾舞者。但成為基督徒之後，她想成為職業舞者的野心已有所改變。面對著不確定的未來，她正考慮赴海外宣教。但她很確定一件事，那就是她不想結婚，更沒想過生孩子。我好奇地想，如果我走過去，向她介紹我是她六個孩子的老大，不知她會有何反應？

我注意到父親開始朝她的桌子走去，因為不想錯過他們的對話，我也靠了過去。當父親向母親靠近時，他表現出一副漫無目的的模樣，但他很顯然想找她說話。

「他真的不太含蓄喔！」我小聲地說道。我靠得很近，可以聽到他向前和她打招呼。

「嗨，園子，妳和妳妹需要搭便車嗎？」

聽到這裡，我心裡想著：「原來就是今晚了。」我聽過這段故事的對白已經無數次了。於是，我再靠近去聽母親的回答。

她說：「不了，謝謝。紐頓·塔克會送我們回家。」

我媽有時講話蠻簡略的，今晚的她更是發揮到極致。她完全不在乎父親會怎麼想，甚至沒想要更禮貌些。

父親說：「也許……改天我可以打電話給妳。」

我心想：「天啊！他還真不知趣。如果是其他男孩，早就摸摸鼻子知難而退了，但我爸可不一樣。幸好他是這樣，多虧了哈里斯家這種不認輸的個性，否則就沒有今天的我了。」

母親又抬頭看了他一眼，不置可否的發出「嗯」的一聲，一副有點為難的樣子。

當母親站起來要離開時，父親問了一句：「妳的電話號碼幾號？」

她看了他一眼，停頓了一下然後說：「在教會通訊錄裡。」

聽到這裡，我差點大聲叫出來：「拜託！老媽，妳真的很冷淡，居然回答說：『在教會通訊錄裡。』算你狠！」

當母親走開時，父親無言地站著。他嘆了一口氣，看著她的身影消失在樓梯間，看來這沒啥希望。

但我知道這故事的結局，我最喜歡後來的發展，因為神開始動工了。

那天晚上，經過「在教會通訊錄裡」的惡言相對後，我父母各自回到他們的房間為對方禱告。

母親會對這個在咖啡屋裡彈吉他的男生冷言冷語，不是沒有理由的。她很欣賞他的音樂，也被他對主的認真態度所吸引。但自她成為基督徒後，許多想追女朋友的基督徒弟兄都纏著她，而他們的信仰似乎控制不住自身的賀爾蒙。好幾個弟兄都曾對她說，神說她會嫁給他們。母親很快學會一件事，那就是許多男孩會假借宗教之名行追求女孩之實。她受夠了這種態度，覺得很噁心。

於是她禱告說：「主啊，如果這個男孩和其他人不同，如果他真聽從您的話，叫他別打電話給我。」然後她就關上臥室的燈，上床睡覺了。

在小城的另一頭，父親也在禱告。幾次被拒的經驗，讓他不確定該怎樣追求女孩。於是他禱告說：「神啊，請指引我到底該不該打電話給這個女孩？」其實這個禱告只是一種形式，不是他有意的請求。既然神從未介入他對女孩的追求，這次父親當然也不期待神會介入。事實上，他早已計畫要打電話，甚至想好了一篇說詞，希望能打動母親。

但那個晚上，他有了一次前所未有的經歷。他清楚意識到神告訴他：「葛雷，不要打電話給她。」

神說了話，而父親也順服了。

就像人們常說的，接下來的都是歷史了。

疑惑和混亂

儘管很難想像，但將來有一天，我會把現在用生命所寫的這個故事告訴我的孩子。然而這樣的認知卻不太能幫助我脫離現在面臨的困惑。約翰．葛德納（John Gardner）曾說：「當你身處在歷史之中，你絕不會覺得那是歷史。情況看起來總是充滿疑惑、混亂，令人感到不太舒服。[1]」

當我站在婚姻這一端，而目前沒有任何可能的結婚對象時，我正身處疑惑與混亂之中。我仍有許多疑問：當我的故事第一次來臨時，我會不會知道？我能否分辨出自己何時和未來的配偶開始了那篇愛的故事？當我終於遇見她時，時間是否會停止，讓我知道她就是茫茫人海中為我預備的那個人呢？當真愛來臨時，我會知道嗎？還是會錯過呢？

有些問題最好還是不要去問。我知道自己該把這些問題擺在一邊，靜靜等待生命的奧秘一一在我眼前展現。將來有一天，當我變老、變得更有智慧，我會坐下來把這故事告訴那個想聽故事的人。然而在訴說這故事時，我是否仍會記得今日的懷疑和充滿疑問的禱告呢？或者我會忘了這些無聲的渴望？這樣的渴望又是否會像沙灘上的足跡一樣，不留下一點痕跡呢？也許我會把從他人那裡聽膩了的忠告，轉述給另外一個年輕傻瓜。我會告訴他好好等待，因為「到了時候就會有結果。」當然我也會告訴他：「你千萬不能操之過急。」

有一天，我也可以講自己的故事，你也一樣。將來當你回頭看自己的愛情故事時，你會如何反應呢？你的眼眶會湧上喜悅的眼淚，還是悔恨的淚水呢？這段故事會提醒你神的良善，或是會讓你想起你對神的小信呢？你的愛情故事會是一段純潔無瑕、信心滿滿、無私捨己的故事？抑或是一段充滿焦急、自私自利和妥協屈從的故事呢？這都是你的選擇。

我鼓勵你（也不斷提醒自己）用生命去寫一段愛情故事，一段讓你引以為傲的故事。

註釋

第2章

1. Stephen Olford－Stephen Olford, "Social Relationships," a sermon recorded at Moody Bible Institute.
2. C. S. Lewis－C. S. Lewis, *The Four Loves* (Orlando, Fal.:Harcourt Brace and Company, 1960), 66.
3. Elisabeth Elliot－Elisabeth Elliot, *Passion and Purity* (Grand Rapids, Mich.: Baker Book House, 1984), 153.

第5章

1. William J. Bennett－William J. Bennett, *The Book of Virtues* (New York: Simon and Schuster, 1993), 57.
2. Marshmallows－Nancy Gibbs, "The EQ Factor," *Time* (October 2,

1995), 60.

3. Elisabeth Elliot－Elisabeth Elliot, *Passion and Purity*, 164.
4. John Fischer－John Fischer, "A Single Person's Identity," a sermon delivered August 5, 1973, at Peninsula Bible Church, Palo Alto, Calif.
5. May Riley Smith－May Riley Smith, "Sometime," *The Best Loved Poems of the American People* (New York: Doubleday and Company, 1936), 299.

第 6 章

1. "Recognize the Deep Significance of Physical Intimacy"－I am indebted to Lynn Denby, who wrote me a letter and challenged my thinking about how guys and girls should relate before marriage.
2. Billy Graham－William Martin, *A Prophet with Honor: The Billy Graham Story* (New York: William Morrow and Company, 1991), 107.

第 9 章

1. C. S. Lewis－C. S. Lewis, *The Four Loves*, 66.

第 10 章

1. Elisabeth Elliot－Elisabeth Elliot, *Passion and Purity*, 31.
2. Stephen Covey－Stephen Covey, A. Roger Merrill, and Rebecca R.

Merrill, *First Things First* (New York: Simon and Schuster, 1994).

3. Beilby Porteus－Dr. Ruth C. Haycock, ed. *The Encyclopedia of Bible Truths for School Subjects* (Association of Christian Schools, 1993), 393.

第 12 章

1. Catherine Vos－Catherine F. Vos, *The Child's Story Bible* (Grand Rapids, Mich.: William B. Eerdmans Publishing Company), 29. Used with permission.
2. Gregg Harris－Gregg Harris, "The Adventure of Current Obligations," *The Family Restoration Quarterly 1* (February 1987), 2.

第 13 章

1. Ricucci－Gary Ricucci and Betsy Ricucci, *Love that Lasts: Making a Magnificent Marriage* (Gaithersburg, Md.: People of Destiny, 1992), 7-10. Used with permission.
2. Mike Mason－Mike Mason, *The Mystery of Marriage: As Iron Sharpens Iron* (Sisters, Ore.: Multnomah Books, 1985), 166.
3. Ann Landers－Ann Landers, "All Marriages Are Happy." Permission granted by Ann Landers and Creators Syndicate.
4. Lena Lathrop－Lena Lathrop, "A Woman's Question," *The Best Loved Poems of the American People*, 22.

第14章

1. Randy Alcorn－Randy Alcorn, "O. J. Simpson: What Can We Learn?", *Eternal Perspectives* (Summer 1994).
2. William Davis－William Davis, "Reputation and Character," *The Treasure Chest: Memorable Words of Wisdom and Inspiration* (San Francisco: Harper Collins, 1995), 54.
3. Samuel Smiles－William Thayer, *Gaining Favor with God and Man* (San Antonio: Mantle Ministries, 1989), 41.
4. David Powlison and John Yenchko－David Powlison and John Yenchko, "Should We Get Married?" *Journal of Biblical Counseling* 14, (Spring 1996), 42.
5. A. W. Tozer－A. W. Tozer, *The Best of A W Tozer* (Grand Rapids, Mich.: Baker Book House, 1978), 111.
6. Charlotte Mason－ Charlotte M. Mason, *The Original Homeschooling Series 1* (Wheaton, Ill.: Tyndale House Publishers, 1989).
7. Bill Bennett－William J. Bennett, *The Book of Virtues*, 347.
8. E. V. Hill－James Dobson, *Focus on the Family Newsletter* (February 1995), 3.
9. Benjamin Tillett－*The Encyclopedia of Religious Quotations* (Westwood, N.J.: Fleming H. Revell Co., 1965), 298.
10. Benjamin Franklin－*Notable Quotables* (Chicago: World Book

Encyclopedia, 1984), 65.

第 15 章

1. Wycliffe－Charles F. Pfeiffer, ed. *Wycliffe Bible Commentary* (Chicago: Moody Press, 1962), 603.
2. "Guidelines for Winston and Melody"－Kenneth and Julie Mckim, *Family Heritage Newsletter* (September 1994).
3. Elisabeth Elliot－Elisabeth Elliot, *Quest for Love* (Grand Rapids, Mich.: Baker Book House, 1996), 269.

第 16 章

1. John Gardner－*Notable Quotables*, 48.
2. Dad's Song－Gregg Harris, "It's a Shame," © 1972.

致謝

感謝蘋果電腦的 Duo 230。

感謝 Don Miller，常跟我一起邊吃「香辣烤雞」邊作夢。

感謝 Greg Somerville 及 Donna Partow，你們要我放手一博。

感謝 Randy Alcorn，當我無以回報時，你卻如此仁慈待我。你告訴我如何提出寫作計畫，將我介紹給 Multnomah 出版社，並在我寫作的過程中，給予忠告和鼓勵。感謝 Karina Alcorn，幫我看前幾章的稿子。

感謝 Stephanie Storey，你要求說「有人得仔細看一下這個年輕小子的寫作計畫書」。感謝 Brenda Saltzer 看我的計畫書。感謝 Don Jacobson 以及 Multnomah，你們相信無名小卒也可以寫書。感謝 Dan Benson 的指導、Lisa Lauffer 的編輯。謝謝 Multnomah 其他所有的人，不斷追求卓越。我很榮幸可以成為這個團隊的一員。

感謝 Michael Farris，你相信「未見之事」。

感謝 Gary and Betsy Ricucci，提供跟婚姻有關的卓越見解。感謝 John Loftness，臨時幫我修改。

感謝所有《新態度》(New Attitude) 雜誌的讀者，以及參加「新態度」特會的人，你們為這本書禱告，並深信它會成功。對所有曾經寫信給我，分享生命經驗的朋友：Grace Ludlum, Anna Soennecken，特別是 “Eugene Harris” 的筆友們。

感謝 Amy Walsh, Greg Spencer, Kay Lindly, Debbie Lechner, Matt and Jennie Chancey, Amy Brown, Martha Rupert, Matt and Julie Canlis, Sarah Schlissel, Rebekah Garfield, Kristine Banker, Rebecca Livermore 以及 Josh Carden，你們傾聽我的想法，適時地分享你們寶貴的意見。

感謝我的「好夥伴」，主內的弟兄姊妹們：Ben Trolese, Ruth and Sheena Littlehale, Julie Womack 以及 Sharon Stricker，你們的鼓勵、模範和友誼，在我完成初稿的最後那個階段，成為我最後的一線希望。謝謝你們忍受那些枯燥的對話：「我們又得講戀愛那碼子事了嗎？」謝謝你們如此真誠。因為有你們，我才能說出發自內心的話。

感謝外婆里子，教我處理過那麼多次的「女孩問題」。

感謝 Rebecca St. James，為我這本書寫前言。更重要的是，謝謝你的友誼，以及你服事神的熱忱。

感謝 Mrs. Elliot Gren（伊莉沙白・艾略特）一生忠心事主。

感謝Andrew Garfield，我的弟兄和監督者，你在特會中的盡心服事，讓我可以全心投入寫作。兄弟，下次請你吃O'Hare的熱狗。

感謝我的弟弟約珥，肯讓我在晚上寫作的時候開著房間的燈。

感謝我其他的弟妹 Alex, Brett, Sarah 和 Issac。如果沒有你們的話，我的書早就發行了。謝謝你們的噪音，這是絕佳的寫作方式。

感謝 C. J. Mahaney，你勇於捍衛關於罪惡的教義，也捍衛神的教會。謝謝你在電話上「調整」我的想法。

感謝 Janet Albers，你是我的第二個母親，真是在主裡和我「一起勞苦」。在我寫書的期間，你肩負起管理《新態度》雜誌的事務。你幫我校稿、編輯，在每件事上都幫我很多。謝謝你相信我。

感謝我的父母，你們是我最好的第一校編輯。謝謝你們教育我，要我立大志。謝謝你們在我剛開始成為作家時，呵護照料我，在我每一章完成的時候，和我一起歡呼。我的勝利就是你們的勝利，我的成功是屬於你們的。我愛你們。

感謝耶穌基督，「我寫作的恩賜是你給的，在過程中你不斷賜福，整個計畫沒有你無法完成」。你是我的指揮和嚮導。你賜給我這麼多的弟兄姊妹。你赦免了我。謝謝你，主！

關於作者

約書亞.哈里斯活在世上的時間，還不足以寫作一本傳記，不過他正在努力中。過去四年來，他擔任《新態度》（New Attitude）雜誌的主編和發行人，這是為在家教育的青少年所編輯的雜誌。在一九九六年底，他停止發行這份雜誌，從他的故鄉奧勒崗州波特蘭市搬到東岸去。目前他在馬里蘭州蓋瑟斯堡（Gaithersburg）的主約生命教會（Covenant Life of Church）接受教牧訓練。他渴望透過當地教會來服事並祝福基督的身體。他從小便立志要成為牧師。

在此同時，他也是「新態度事工」（New Attitude Ministries）的主任，這個事工在全國各地舉辦了許多場特會。每年一月，「新態度」都會針對18-29歲的單身男女舉辦特會。欲知最新的活動內容，請上新態度網站查詢：

http：//www.newattitude.com/

欲聯絡約書亞，洽談演講等相關事宜，可寫信至下列地址。雖然他無法回覆每一封來信，但他很願意接到來信。也歡迎讀者針對本書提出回應。寫信請寄至：

Joshua Harris

P.O. Box 249

Gaithersburg, MD 20884-0249

USA

或是 DOIT4JESUS@ao1.com

Memo

Memo

Memo

Memo

不再約會

作者：約書亞 • 哈里斯

譯者：葉嬋芬　　　　　　　　　　　　20031

出版兼發行者	中國學園傳道會出版部 地址：新北市永和區安樂路 194 巷 37 號一樓 電話：(02)29262712 傳真：(02)29262710 網址：http://tccc.org.tw/ 電子信箱：service@tccc.org.tw 劃撥帳號：01143289
發行人	王睿
本社登記證字號	行政院新聞局登記證局版臺業字第 1777 號
承印者	世和印製企業有限公司

中華民國 92 (2003) 年 4 月一版一刷

中華民國 104(2015) 年十月一版二十六刷

I Kissed Dating Goodbye

Originally published in English under the title:

I Kissed Dating Goodbye by **Joshua Harris**

Published by Multnomah Books

an imprint of The Crown Publishing Group

a division of Random House, Inc.

12265 Oracle Boulevard, Suite 200

Colorado Springs, Colorado 80921 USA

International rights contracted through:

Gospel Literature International,

PO Box 4060, Ontario, California 91761-1003 USA

This translation published by arrangement with

Multnomah Books, an imprint of The Crown Publishing Group,

A division of Random House, Inc.

P.O. Box 13-70, Taipei 106, Taiwan, R.O.C

Oct. 2015, Twenty-sixth Printing, First Edition

國家圖書館出版品預行編目資料：

不再約會／約書亞 • 哈里斯（Joshua Harris）著; 葉嬋芬譯. --

一版. -- 臺北市：中國學園, 民 92　　面；　公分.

譯自：I Kissed Dating Goodbye　　ISBN 957-8972-70-9（平裝）

1. 基督徒　2.約會　3.兩性關係

244.9　　　　92004656

Printed in Taiwan